IL CASTIGAMATTI

SFINGE

Texte et illustration de couverture : © domaine public
Edition : Culturea (Hérault, 34)
Contact : infos@culturea.fr
Retrouvez notre catalogue sur http://culturea.fr
Imprimé en Allemagne par Books on Demand
Design typographique : Derek Murphy
Layout : Reedsy (https://reedsy.com/)

Dépôt légal : janvier 2023

ISBN : 9791041844166

LA NEMICA INERME.

Dolce è l'autunno a Salsomaggiore, nella gran conca verdolina un po' arsiccia abbracciata dal gesto amoroso delle sue colline un po' brulle. I culmini circostanti sono ornati di storiche meravigliose castella, il paese si abbellisce ogni giorno di alberghi sfarzosi, di moderne eleganze, e le viscere della terra sono corse dalle misteriose portentose sorgenti che sono balsamo a tanti mali dell'umanità. La gente d'ogni parte del mondo ivi trae in folla in cerca di salute. Ma specialmente le donne, le donne cui la giovinezza sfugge.... Per questo Salsomaggiore è un paese autunnale, dolce ma un po' malinconico.

S'incontrano lungo i suoi viali pieni di negozi eleganti, nelle vie del suo borgo, dal suo celebre pasticcere Colombo, su per i sentieri della collina dai bei villini fioriti di rose, specialmente signore eleganti la cui bellezza è vicina a sfiorire....

Moriva ottobre, nel grande poetico parco del vecchio albergo Detraz, il più quieto, il più tradizionalmente perbene del luogo. Gocciavano dai faggi, dai castagni, dai platani foglie gialle, foglie rosse, foglie color ruggine, come una larga pioggia lenta, leggera, vivacemente colorita e pur mesta.... Non c'era più molta gente all'albergo e si erano formate, come sempre accade, dei pochi rimasti, diverse comitive.

Sotto il cader delle foglie, nel vecchio giardino, si vedevano adesso ruzzare diversi bambini e riunirsi sui sedili un piccolo gruppo di ospiti. Una bella signora sul tramonto, elegantissima, con una graziosa figliuola; un ingegnere già celebre per arditissimi lavori compiuti di ferrovie di montagna, di miniere, di gallerie, con la moglie ed una bambina. Notevole anche esteriormente la figura dell'ingegner Godio. Alto, bruno, con una barba aguzza di antico condottiero italiano, con gli occhi balenanti, con maniere un po' rudi.

Bella, benchè un po' sciupata, la signora, vestita sempre con sobrio buon gusto, distinta e taciturna.

Un razzo, un maschiotto sfrenato e turbolento la ragazzetta decenne Graziana, detta "Chiblù".

La madre diceva, col suo accento un po' stanco: "È impossibile chiamarla Graziana. È la negazione della grazia, il mio diavoletto! Quando nacque furono una sorpresa per tutti i suoi occhi azzurri su quel visetto nero. Parve esserne sorpresa anch'essa, perchè una delle prime cose che imparò a dire, fu: — Ho gli occhi blù! — Diceva anzi, abbreviando: "Chiblù", senz'altro. E divenne il suo soprannome".

"— Un nome di gattina o di cagnetta. Infatti graffia e morde se la si tocca!", diceva il padre che l'adorava, cui si addolcivano i fieri occhi saettanti quando la guardava o parlava di lei. Pareva una famiglia modello. Erano stati molto all'estero, ma ora erano tornati definitivamente in Italia. L'ingegnere si stava costruendo un villino a Roma.

Anche la signora Demàri e la figliuola Nazarena stavano a Roma. Mondo della finanza: ricche e raffinate. A Roma avevano lasciato il padre e due sorelline minori.

Si era introdotto nella loro comitiva un giovane elegante, certo signor Savelli, il quale accompagnava la sua mamma che non poteva camminare. Era un buon diavolo, ricchissimo, disoccupato, irrequieto, un po' "snob", che andava su e giù di continuo con la sua magnifica automobile. Quando stava fermo faceva la corte a Nazarena, la quale aveva l'aria di non accorgersene.

La signora Demàri, che stava poco nel giardino perchè aveva paura che l'umidità le disfacesse i ricci e le togliesse via la "veloutine", e che la gran luce rivelasse qualche ruga, disse un giorno con la moglie dell'ingegnere: "Il signor Savelli sarebbe un bel partito per le nostre figliuole!".

Nazarena Demàri arrossì e disse: "Mamma, lo sai che non devi mai dire simili cose!".

Anche l'ingegnere Godio protestò: "Per conto di Chiblù è un po' presto mettersi in lizza. Eppoi quel giovane mi è pochissimo simpatico. Porta male i suoi troppi quattrini!".

Tutti risero, ma senza allegria.

Una grande amicizia avevano fatto le "due bambine" come volentieri diceva la signora Demàri. Ma Nazarena aveva ventidue anni, benchè non li dimostrasse esteriormente. D'anima, invece, era una donna, un po' triste, pensosa, tutta diversa dalla frivola madre ch'essa adorava, forse vedendone in segreto le debolezze....

Era una ragazza di spirito maturo con qualche guizzo d'infantilità, con una fresca vivacità di umore che non era allegria ma fermento di giovinezza. Pensava, sentiva molto, soffriva quindi.... eppoi scrollava le spalle, ogni tanto, e aveva voglia di giocare. Con Chiblù faceva la bambina. Giocavano alla corda, alla palla, al cerchio nei folti boschetti del vecchio parco abbandonato di cui erano assolute padrone insieme ad alcuni bambini.

Quell'albergo è stato un convento.... C'è ancora qualcosa di conventuale, di raccolto, di meno ignobile dell'atmosfera dei soliti grandi alberghi, nei lunghi corridoi, nei viali del parco dove un tempo salmodiavano i frati.

***

In quindici giorni di convivenza era nato in quel nucleo di persone apparentemente felici, in quel quieto ambiente di casa di salute, un dramma. Un dramma d'anime che era ormai vicino ad una necessaria soluzione. L'ingegnere Filippo Godio e la signorina Nazarena Demàri si erano innamorati l'uno dall'altra. Una cosa seria, grave, irrimediabile. Era stato un così detto colpo di fulmine per la prontezza con la quale la passione li aveva afferrati.

L'uomo di lavoro e di lotta, sui quarant'anni, forte di carattere, arrivato ancor giovane alla fama e alla ricchezza col solo merito proprio, coscienza integra, avverso al libertinaggio, fu preso alla gola da un cieco terribile amore, del quale s'accorse soltanto quando non fu più in tempo a dominarlo.

La fanciulla pura e casta, idealista, lontana da ogni frivolezza, spirito attivo, amica d'ogni cosa buona e bella, che non aveva mai conosciuto il vero amore (qualche principio di simpatia subito scartato dal suo senno) cadde nel tumulto di una profonda, struggente passione. Fu prima, in ognuno dei due, un'aurora ardente di delizia: una stessa luce di fiamma li avvolgeva, uno stesso dolciore insaporava le loro bocche, che non si erano mai toccate, del più divino miele.... Eppoi, nell'una e nell'altra delle due nobili anime, cominciò un tremore d'angoscia che le mise alla tortura....

Non erano state le parole, da principio, ma i silenzi che avevano resi consapevoli i loro spiriti.... certi improvvisi silenzi, come pause musicali gravi di sottintesi immensi, che erano caduti sulla loro casuale solitudine, rivelando loro orizzonti ignoti.

Il giardino apparteneva a Nazarena, si è detto, come per diritto di conquista. Essa ne possedeva tutti gli angoli, tutti i cantucci soleggiati e romiti. Qui dipingeva all'acquerello, là leggeva, più su aiutava il giardiniere a curare le piante: in altri luoghi lavorava con l'ago e con l'uncinetto. Tutti i bambini del paese avevano berretti, fascie, cuffie fatte da lei. Chiblù era il suo aiutante di campo, cui si aggiungeva, ogni tanto, il battaglioncino dei bambini.

La signora Demàri faceva la cura, riposava molto, stava lunghe ore ad acconciarsi con la sua cameriera. La ragazza aveva quindi una grande libertà, e poichè era un po' selvatica e non le piaceva trovarsi nel salone con gente che non la interessava, aveva scelto per sua fissa dimora il giardino. Un giorno, dopo colazione, avevano formato crocchio come al solito, fra i vecchi boschetti di mirti. Poi, a uno a uno tutti se ne erano andati al riposo. Erano restati soli l'ingegnere e Nazarena. La madre di questa aveva detto, nel partire: "Le affido mia figlia, ingegnere. Non la lasci star fuori tanto. Fa fresco. Oggi è stata più savia Chiblù".

Non c'era nessuno. Piovevano dagli alberi, lentamente, le foglie; dalla vitalba che fascia lo châlet (già chiuso in quei giorni) il vento portava ogni tanto mucchi di foglie rosse, turbinanti come piccole comitive di pettirossi....

Si guardarono negli occhi profondamente, fissi, dolorosamente, ansando un poco.... Quel silenzio era terribile come le più ardenti parole. Tutti e due lottarono con disperato coraggio per non guardarsi più.... Eppoi si alzarono, contemporaneamente, si separarono senza che le loro labbra avessero pronunciato una sillaba...!

Rivedendosi in presenza degli altri avevano quella prima volta cercato di dimenticare il muto duetto. Avevano ancora parlato e scherzato insieme. L'ingegnere affettava con lei modi paterni, tentava di ringiovanirla, accoppiandola alla sua piccola Chiblù. Cercavano di non rimanere più a quattr'occhi perchè avevano paura di quel terribile silenzio rivelatore.

Anche il terzetto era pericoloso, Chiblù espansiva e tirannica, adorava la sua amica grande e le faceva tumultuose carezze. Erano un bel quadretto. Chiblù bruna come una zingarella, ricciuta, con gli occhi azzurrocupo, dava risalto alla soave bellezza quasi bionda di Nazarena, che era di media statura, sottile, pieghevole, con un bel volto roseo ed ovale illuminato dagli occhi d'ambra dello stesso colore dei capelli. Si pettinava un poco infantilmente, con le trecce che le fasciavano la nuca e le coprivano gli orecchi e la metà delle guance. Solo il mento, un po' accentuato, dava vigore a quel delicato pastello.

Una volta Chiblù aveva tempestato di baci il volto e le mani di lei, e questa si difendeva un po' ridendo, un po' protestando, solleticata e nervosa. Il padre di Chiblù strappò la bimba violentemente dall'abbraccio e la redarguì così forte che questa si mise a singhiozzare.... mentre egli si copriva di un pallore improvviso, quasi che una sventura lo avesse colto....

Pareva ad entrambi, oramai consci del sentimento che provavano e che destavano, che nessuno si fosse accorto del loro segreto dramma.... appunto perchè così grave e così anormale, meno facile ad essere indovinato. Ma un giorno una irrefrenabile imprudenza dell'ingegnere mise in pericolo il delicato segreto.

Nazarena disegnava in un boschetto, a poca distanza da Chiblù e dal padre. Chiblù tentava disegnare per imitare la sua amica e l'ingegnere leggeva. Nazarena era tutta una delicata armonia, senza cappello, con la testolina piccola e lucida che si accendeva un poco al sole, vestita di bianco, con una larga giacca di velluto fulvo, così bene intonata al paesaggio....

Il giovane Savelli passò accanto a lei, rientrando, e, zitto zitto, in punta di piedi, per farle uno scherzo, raccolse tre o quattro roselline del Bengala che occhieggiavano rosse dietro la siepe di bosso, le spicciolò e gliele buttò sul capo, sul collo, sul grembo....

Essa, che era molto assorta nel suo lavoro, diede un piccolo grido.... e avrebbe certo protestato, non avendo autorizzato il giovane prendersi con lei simili confidenze. Se non chè l'ingegnere che aveva visto, divenuto rosso di collera, grido: — "Lei è un maleducato! La signorina Demàri è stata affidata a me, ed io non permetto che le si manchi di rispetto. Le ordino di domandarle scusa".

Il giovane si risentì della lezione e l'incidente avrebbe avuto seguito, se un terzo conoscente non si fosse il giorno stesso interposto. Ma le signore seppero ciò, deplorarono in vario modo e vi furono all'albergo molti commenti....

Nazarena vedeva avvicinarsi con terrore e con sollievo insieme il giorno della partenza. Aveva l'esatto senso della fatalità piombata sulla sua vita. Sentiva che non sarebbe guarita mai più, ma prometteva a se stessa che mai nulla avrebbe fatto perchè quel sentimento innocente diventasse una cosa colpevole. Però, nel suo io profondo, inveiva contro la sorte avversa e detestava la moglie di quell'uomo che lo teneva legato a sè col giogo della legge inumana che tiene avvinte due creature, per sempre, anche se non si amino più. Era gelosa di quella donna che aveva su Filippo tutti i diritti, e si sentiva offesa da lei nella sua dolorosa passione.... Anche l'altra, essa lo intuiva, era gelosa di lei; ma sentiva che non era sospettata di colpa e che colei doveva rendersi conto della sua purezza, della sua lealtà di carattere.

Nazarena non aveva rimproveri da farsi. Poteva dunque guardare in faccia la moglie di colui che adorava, senza umiltà e senza vergogna. I loro sguardi s'incrociavano qualche volta come spade nemiche. Si sentivano ostili l'una all'altra.... ma erano rispettose delle convenienze e delle leggi della società.

I rapporti fra l'ingegnere e la moglie erano corretti, anzi affettuosi. La bambina li adorava tutti e due ed era l'indissolubile anello della catena che li univa. La signora Godio aveva visibilmente un culto per suo marito, che era per lei l'unico, il fulcro dell'universo. Egli aveva per lei tutti i riguardi, tutte le cortesie delicate che succedono all'amore, in un uomo che si rispetta, verso la donna che un tempo ha molto amata. Si vedeva che ella era stata bellissima. Ora aveva perduta ogni freschezza e dava l'impressione di essere più vecchia di lui.

Cagionevole di salute, un po' lamentevole di umore, gelosa, aveva però una sua dignità taciturna che non le permetteva di manifestare il suo soffrire all'uomo adorato. Al suo perspicace intuito (Nazarena non s'ingannava) non era potuto sfuggire l'amore sorto fra quei due. E ben conoscendo la serietà di carattere dell'uno, e intelligentemente intuendo l'assenza di civetteria della ragazza e il coraggio col quale cercava difendersi dalla passione fatale, ella, pure nel suo intimo strazio, non poteva disprezzare i due protagonisti del dramma di cui essa stessa era la terza vittima.

****

Mancavano pochi giorni alla partenza delle Demàri. Solo da tre settimane essi erano insieme, ma a Nazarena ed a Filippo pareva di amarsi da tutta la vita, per tutta la vita....

Nell'uomo la passione era giunta a tal punto di spasimo che la sua coscienza si oscurava. Un giorno (ella oramai evitava di trovarsi sola con lui) egli riuscì ad accostarsele nel parco, e le disse quasi in un pianto: — "Io mi sento morire. Ma voglio dirle una cosa, che non è più colpevole, tanto il mio soffrire l'ha purificata. Se lei mi vuole bene veramente come io ho la gioia divina ed atroce di sperare.... abbia coraggio, venga via con me. Dove vuole. In capo al mondo. Per fortuna sono ricco. Provvederò magnificamente lo stesso a queste due creature.... Ma io mi sento ancora troppo giovane per rinnegare la vita così, rinunciando a Lei, Nazarena! Amore, tenerezza mia! Ci pensi.... Mi chiami.... Una sua parola sola.... In poche ore io sarò da Lei, con Lei, per sempre!".

Ella non rispose. Gl'impose silenzio coi gesti.... Ma i loro occhi ebbero una di quelle profonde, lunghe prese di possesso che li lasciarono scossi, turbati, estasiati come dopo un amplesso.

La vigilia della partenza la signora Demàri pregò l'ingegnere Godio di andare a Borgo San Donino per una sua delicata commissione. Egli vi andò in auto, e prese con sè Chiblù.

Aveva invitata Nazarena, in presenza degli altri. Ma questa aveva ricusato. Era triste, snervata, desolata: mille pensieri strani le ballavano nella mente....

Dopo l'ultimo bagno la madre andò a riposare tranquilla, cieca, egoista, occupata solamente della sua salute e della strenua difesa contro i danni del tempo.... Ella, con sul volto i segni dell'insonnia e del pianto, andò a rifugiarsi nel parco, nel suo angolino preferito, caldo di sole, vicino al recinto del "tennis". Si sedette sull'erba, depose il libro aperto sui ginocchi, ma non poteva leggere. Pensava, in una ribellione di tutto il suo essere verso il destino crudele: "Ma si può anche modificarlo il cattivo destino! Perchè no? Ha ragione lui. La legge sacra, la società, il dovere.... sì. Ma il matrimonio "vero" non ha più ragione d'essere quando l'amore è finito. L'amore come quello che sento io non finisce mai.... Ma non tutti gli amori sono così profondi e così immutabili. Si può ingannarsi. Filippo non ama più sua moglie. Le vuol bene come ad una sorella: ma non gli basta. La vita con lei adesso è per lui una tortura. C'è Chiblù, è vero.... Ma Chiblù, così vivace, dovrà essere messa in collegio. Egli è ricco, si è fatto ricco col suo lavoro, col suo ingegno: sua moglie, anche se separata da lui, potrebbe vivere materialmente bene lo stesso. Sono dodici anni che essa lo ha tutto per sè! Potrebbe contentarsi! Deve essere stata molto bella, sì: ma ora è una rovina.... eppoi non è intelligente. È uno spirito chiuso e tetro, pieno di gelosia e di rancore.... Perchè non si potrebbe persuaderla di divorziare? È la sola soluzione. Io e Filippo non possiamo più vivere, separati. È superiore alle nostre forze.... Il vero diritto

6

è quello dell'amore.... Che colpa si ha di amare? È una fatalità inesorabile. Le leggi quando sono inique si calpestano....".

Calpestò, col suo piccolo piede calzato di bianco, un insetto innocuo che saliva sopra un filo d'erba. Avrebbe calpestato qualche cosa di più significativo se avesse potuto.... E piangeva quetamente nel suo cantuccio romito, nel tepido giorno autunnale, sotto la lenta carezza delle foglie cadenti che frusciavano, distesa sul tappeto caldo dell'erba già un po' secca e gialliccia....

A un tratto si vide accanto, sorta dalla terra? piovuta dal cielo?, la rigida figurina bruna della signora Godio. Nazarena fece l'istintivo atto di alzarsi, ma l'altra si affrettò verso di lei, e le si sedette accanto sull'erba. Disse: "Non se ne vada, signorina Demàri. Ho bisogno di parlarle". Si guardò intorno: "Qui siamo perfettamente sole".

Nazarena provò un impeto di ribellione, di astio, di avversione infrenabile. Sulla sua mobile faccia si dovette dipingere qualche cosa di simile, perchè la signora Godio disse: "Vedo che non le faccio piacere. Ma abbia pazienza. Se sapesse lo sforzo che faccio io su me stessa.... cercherebbe di imitarmi".

Era nella voce, nell'espressione di lei tanto dolore contenuto, erano tante cose sottintese.... che Nazarena riuscì a dominarsi.

— Gli è che veramente, non saprei che cosa potessimo dirci....

— Ah.... codesto non è degno di Lei, signorina Demàri. Io Le faccio credito di una lealtà e di una serietà di carattere fuori del comune. Perchè vuol nascondermi l'animo suo? Io vengo da Lei per aprirle il mio....

— Non mi faccia rimproveri, badi! Non ne accetterei perchè non ne merito. Non si scelgono deliberatamente i sentimenti che fanno soffrire....

— Non si difenda. Crede Lei ch'io mi abbasserei a venire umilmente a parlarle se non sapessi tutto ciò? Io assisto da tre settimane ad una cosa terribile, tragica per me, può imaginarlo, più ancora che per Filippo e per Lei....

— Non di più, non è possibile! — Nazarena interruppe.

— Lei è giovane.... e la giovinezza porta con sè tanti balsami! Noi siamo verso l'autunno della vita.... Filippo ha quarant'anni e la bufera che gli passa nell'anima è tale che mi spaventa.

— Senza sua colpa! Non ha fatto nulla che non sia degno del più perfetto galantuomo.... — gridò Nazarena.

— Lo so. Ed è per questo che sento profondamente la mia responsabilità, signorina Nazarena. Mi ascolti attentamente. Io adoro Filippo da quindici anni. Sono con lui da dodici. Sono stata felice come a poche creature è dato essere. Qualcosa dell'amore materno è nel mio sentimento per lui, non tanto per i pochi anni che ho di più, quanto per l'esperienza che una giovinezza infelice ha messo nell'anima mia.... Fino dal principio della nostra unione io paventai quello che accade adesso, terribilmente. Poi a poco a poco mi ero quasi persuasa che Filippo non amerebbe una seconda volta nella sua vita. Mi pareva che il lavoro, la fama, l'affetto per la famiglia gli bastassero. Mi riposavo oramai in questa divina sicurezza.... quando il risveglio è venuto. E la mia conoscenza del carattere di lui, la stima profonda che ne ho, è quella che mi mostra la gravità estrema del suo stato d'animo. Per dodici anni egli mi è stato fedele fino allo scrupolo. È uomo di alto senso morale, d'intemerata coscienza, di solida tempra. Ebbe sempre non solo in dispregio ma in orrore le avventure d'amore, i capricci, le facili conquiste. Per lui il solo amore possibile è quello che dura. Quindici anni ha durato il suo amore per me.... Quello per lei durerà certo tutto il resto della sua vita....

S'interruppe. Ogni sua parola suonava così grave come se racchiudesse anche un senso nascosto. Nazarena si rendeva conto di una cosa che, nel suo umano egoismo, non aveva prima veduta; del dolore che torturava quell'anima e dell'amore immenso che in essa si racchiudeva. Ella taceva ma negli sguardi ch'essa mandava adesso verso colei che parlava, non c'era più ostilità ma una pietà profonda, una impotente volontà di consolare quel patire disperato.

La signora Godio riprese:

— Vede bene che non faccio commedie, che non dico di commuovermi troppo al dolore che prova Lei nel combattere il suo anormale sentimento.... Ma pur non potendo volerle bene.... (questo sarebbe superiore alle forze umane) ho stima di Lei, perchè ho l'intuito di quello che vale. Io parlo poco, di solito, e osservo molto. Non è una delle solite ragazze moderne, Lei.... È una vera donna ed è una vera coscienza. Credo di avere l'esatta impressione di quello che soffre. Non ne ha colpa se mi ha portato via la felicità che era mia, se ha distrutta la mia pace e la mia vita....

— No, io non ho fatto questo! — si difese veemente Nazarena.

— Lo ha fatto il destino.... è lo stesso, e non ha colpa neppure Filippo del sentimento che prova e che tanto lo fa soffrire.... e io credo mio dovere verso di lui, per la felicità che mi ha data, per il bene che io gli voglio di non impedire ch'egli si ricostruisca un'altra volta la felicità.... Perchè, lui, se vuole, può ricominciare una nuova vita....

Disse queste ultime parole lentamente abbassando la voce, strisciandosi sul fianco, sull'erba caldiccia che odorava di menta, verso colei che ascoltava....

Un po' discosto, un bagnante avvolto nell'accappatoio passò, e si fermò un attimo a guardare il bel quadretto delle due leggiadre donnine sdraiate sul prato, vicine, intente forse a farsi qualche confidenza futile e galante....

Nazarena spalancò i grandi occhi color d'ambra scura, umidi di commozione e mormorò:

— Non comprendo....

La signora Godio si passò le mani sulla fronte, ve le tenne un poco compresse, poi mormorò, così piano che l'altra appena potè udirla

— Filippo è libero, sa? Noi non siamo marito e moglie.

Nazarena gettò un grido. Poi tutte e due si coprirono gli occhi con le mani....

La signora Godio fu la prima a poter parlare. Disse:

— Ero sicura che Filippo non glielo aveva detto. Per questo ho parlato io. Bisognava che Lei sapesse.... lo dovevo a lui questo....

E poichè nel dire le ultime parole un grande singhiozzo le uscì dal petto — come il rumore di qualche cosa che si rompesse — si ribellò all'esplosione delle sue lagrime, ne ebbe il pudore, si alzò, si allontanò in fretta senza che Nazarena le avesse mostrato il volto chiuso sempre nelle palme....

Quando questa fu sola ed alzò finalmente la faccia, ella sentì che guardava le cose che la circondavano con un'altra anima. La sua voce, dopo che aveva "saputo", non aveva pronunciato sillaba: aveva solo gettato un grido.... di stupore? di gioia? di liberazione? Ma poi l'ala del suo rapido volo s'era ripiegata subito in un raccoglimento pudico, timido, esitante.... come di un uccello che non riconosce più l'orizzonte di cui prima si era inebbriato. Diceva l'anima sua: "No, no. Non è più la stessa cosa. Povera donna! Che eroico coraggio ha avuto! Non è più la moglie, dunque: colei che ha tutti i diritti, che, anche non amata, è la famiglia, la casa, il dovere, la catena legittima e solida, colei che può guardare dall'alto in basso l'intrusa, schiacciarla col suo disprezzo borghese di creatura forte, ben protetta dalla legge, che tiene il coltello dal lato del manico contro la nemica inerme.... armata solo del suo amore.... Adesso, è un'altra cosa! La nemica inerme, adesso, è lei, misera donna!...".

E le pareva vederla, quasi in una figurazione grafica, senz'armi per difendersi, con le braccia cadenti, disfatta, col fardello del suo inutile amore, povero straccio umano che ricopriva un inumano dolore....

Nazarena si sentì come frustare la faccia da quell'umile esempio di grandezza insospettata, e la nativa generosità le arrossò la fronte. "Combattere contro un'avversaria che non ha più armi per difendersi! Ah! sarei una vigliacca, una vigliacca!"

Rabbrividì. Il suo grande amore le piangeva dentro una disperata elegia.

— Rinunziare a lui, rinunziare a lui. Ah.... non posso! Eppure è necessario!

Cosa era dunque accaduto? Aveva saputo che Filippo era libero, che il suo amore non era più colpevole.... che poteva avere una soluzione legittima.... e per la prima volta, dacchè amava e voleva ghermire la difficile felicità, vedeva all'improvviso un insormontabile ostacolo sorgere nel radioso orizzonte della novella libertà....

Le sue labbra mormoravano disperatamente: "Addio amore, addio sogno, addio felicità....". Si buttò con la faccia contro l'erba, singhiozzò contro la terra tiepida che odorava di erbe appassite, vicine a morire.... Il vento portava dal bosco foglie rosse, foglie gialle, foglie color ruggine sulla personcina squisita che giaceva come un povero animaletto ferito, palpitante sul seno della terra, madre di tutti i dolori....

SOLE D'OTTOBRE.

Difendermi? Dare spiegazioni? Tentare di riabilitarmi innanzi.... a "quei" tribunali? Nemmeno per sogno. Non mi degno. E, del resto, sarebbe inutile. Non mi si crederebbe, e, sopratutto, non mi si comprenderebbe. Sono in disgrazia, in questo quarto d'ora, nel mio "mondo".... e me ne infischio. Ma il momento di ribasso passerà. Ho al mio attivo troppe di quelle virtù davanti alle quali la vigliacca umanità si prostra.... per non essere sicuro della mia vicina rivincita. Per ora mi si grida la croce addosso. Passo per un uomo che ha commessa una brutta azione, e, ciò ch'è peggio, che si è reso ridicolo per mancanza di gusto e di chic.

Tutto ciò mi secca, lo confesso, ma assai meno del dubbio su me stesso che da questa mane è entrato in me.... e che voglio tentare di chiarire, registrandolo in questo diario. Un giovane viveur di venticinque anni che scrive il suo diario come una ragazza romantica di vent'anni fa! E pure, è così: un colloquio con noi stessi.... è il solo piacevole ed utile in certi casi e niente è più interessante al mondo di ciò che accade a noi medesimi. Voglio raccogliermi, ricordare, riassumere e rivedere nei suoi particolari, nella sua nuda verità, questo episodio della mia vita amorosa.... che devo chiamare "così", solo perchè non trovo un'altra parola esatta che lo definisca.

Vediamo un po'. È vero. Io sono stato sempre un sentimentale.... ma mi sono sempre vergognato di ammetterlo. Perchè? Perchè non è di moda. Mi sarebbe parso, che so? come di portare un vestito di taglio antiquato, di avere un domestico mal tenuto, un'auto di cattiva marca o di stare a tavola poco elegantemente. Io ho il sospetto che il sentimento non sia così morto in noi giovani come vogliamo far parere. Ma ci secca il sorriso del nostro simile. Vogliamo passare per forti, per scettici, per insensibili, per uomini moderni, insomma, e sorvegliamo il nostro cuore onde non se ne vada da nessun pertugio quel po' di sentimento che c'è quasi sempre.

Fu dunque così: quando nell'ottobre scorso la mia buona amica contessa Torriani mi invitò a passare un po' di tempo nella sua villa, io partii con lo spirito ben disposto di chi sa di andare a non annoiarsi. Una bella casa con tutte le comodità moderne, tra autentiche memorie antiche, un buon cuoco, delle belle donne, molto entrain, il tennis che mi piace e in cui sono abilissimo, il bridge in cui sono quotatissimo, diversi mezzi di trasporto a mia disposizione, ville vicine con simpatiche conoscenze: insomma, la mia compagnia (che ho l'immodestia di credere piacevole perchè la vedo cercatissima) andava a ricevere, in cambio, un mucchio di vantaggi.

Una confessione. Se avessi dovuto scegliere il momento della mia nascita, avrei scelto.... il momento in cui venne al mondo mio padre. Le relazioni attuali fra uomini e donne non mi contentano. Avrei voluto il demimonde per il piacere, e il "mondo" per l'amore. Sono, l'ho detto, un sentimentale mascherato da scettico e mi sarebbe piaciuto provare, destare una grande passione. Ma per simili cose, adesso, non c'è più tempo. Si vive troppo in fretta.... si ha troppa sete di godimento spicciolo e le grandi passioni non devono essere cose allegre.... Però "devono" essere cose belle! Non potendo riformare il mondo, lo prendo com'è.... e faccio anch'io quello che fanno gli altri. Faccio la corte alle donne che mi piacciono.... o meglio, me la lascio fare. Sì. È proprio così. Che iniziativa hanno le donne del nostro tempo! I lunghi assedî, i molti sospiri, i lunghi digiuni, i purgatori di aspettazione che si usavano un tempo.... sono stati soppressi.

Ma adesso devo raccontare. Le signore di casa Torriani sono tre. La contessa Clara, bella donna, elegante, gioviale, espansiva, che ha avuti molti amanti, ne cerca ancora, e ne trova. Ha un solo merito. Adora le sue figlie ma le avvezza male. Tancia e Mirette sono due ragazze moderne, meno belle della madre, e meno di lei attraenti. Fanno però di tutto per piacere, per quel diritto al marito che ogni ragazza di vent'anni crede di avere, in faccia alla vita. Mi lasciano indifferente appunto perchè mi sarebbe troppo facile conquistarle. Villa Torriani è un ambiente allegro. Vi si fa molto voisinage. La sera si balla; di giorno si fanno gite in auto, si dànno gardenparties; vi si continua la vita dei laghi svizzeri e delle spiaggie di moda. La semplicità, la quiete, il riposo della campagna sono ivi un'irrisione.

In casa c'era un'altra donna. L'istitutrice, miss Rhoda Glyn, personaggio che non conta, una di quelle donne che fanno da sfondo, una piccola ombra che dava risalto alla luce delle altre. Piccoletta, magrolina, con molti capelli di un biondo sbiadito, piccoli occhi chiari e la pelle sfiorita. L'avevo vista tante volte senza nemmeno guardarla. Vecchia? Non so. Passata. Una di quelle creature delle quali noi uomini non ci accorgiamo più. Un passo lieve, discreto, una piccola ombra che passa....

La contessa e le ragazze le volevano bene, erano molto amabili con lei, perchè non la temevano. La sentivano forse più intelligente di loro, certo più colta, ma tutto ciò era loro utile e decorativo per la casa. Del resto, l'inglesina non era veramente una istitutrice. Aveva insegnato alle ragazze l'inglese e la musica, e passeggiava con loro. Non aveva nessuna autorità, perchè la sola autorità in casa è quella della contessa. Le ragazze non chiedono certo alla madre il permesso per ogni gesto della loro vita.... Povera miss Glyn! Quando nacque in me la pietà per lei? Forse a poco a poco.... ma me ne resi conto una sera mentre ella faceva, come al solito, da tapeur alla nostra egoistica, indiscreta manìa danzante. Prima Mirette aveva eseguite le sue danze classiche (imparate a Parigi dal famoso Nijinsky), poi erano cominciate le danze moderne.... modernissime, tutte forme larvate ma non meno indecenti dell'invito all'amore.

One step, tango, tutto il recentissimo repertorio.... La contessa non ha pregiudizi. Sa che le sue figlie ballano bene, ballano volentieri; sa che il ballo è un eccellente mezzano amoroso, sa che è un buon cammino per arrivare al matrimonio: essa non invita altro che uomini che siano mariti possibili e desiderabili.... dunque permette alle figlie di ballare.... fino a sazietà!

E la povera miss Rhoda sempre al pianoforte! In un momento di sosta, io fumavo una sigaretta presso una finestra aperta, e guardavo, dall'ombra, dentro il salone chiaro, passarmi davanti in un molle e lento valzer quelle otto o dieci coppie di giovinezze frementi, frivole, sensuali, poco interessanti, in fondo, come tutto ciò ch'è solo larvata bestialità umana. Qualche volta, quando non sono di buon umore, la musica da ballo mi sembra immensamente triste. In quel momento quel valzer mi pareva di una tristezza mortale.... Guardai colei che lo suonava.... la piccola donna vestita di bianco, con tanti bei capelli biondi, ma così pallida, così sfiorita alla luce delle due fiammelle elettriche velate di paralumi color di rosa.... e vidi ch'ella, suonando, piangeva.... Era il valzer dell'operetta I saltimbanchi che in primavera si era ripresa con molto successo a Nizza: un motivo grazioso, languido, voluttuoso e.... stranamente triste. Perchè piangeva la povera donnina bionda? Aveva essa un dolore, o aveva la malinconia della sua solitudine, della sua finita giovinezza, della sua esclusione dalla gioia, fra quella gaiezza che la circondava? Provai per lei un impeto di fraterno interessamento, il palpito di simpatia di una creatura umana verso una creatura che soffre. Gettai la sigaretta, traversai il salone, mi avvicinai al pianoforte e le dissi in inglese: "Siete stanca, signorina: riposatevi. Posso sostituirvi". Lo sguardo di riconoscenza che la poverina mi rivolse non è facile scordarlo. Era una riconoscenza sproporzionata al dono, una riconoscenza di creatura felice di poter finalmente ringraziare qualcuno a questo mondo di un beneficio morale, di un dono sia pur minimo ma spirituale, di una cortesia spontanea, non cercata e.... oh chi sa quanto desiderata!

Fui applaudito, lodato, esageratamente ringraziato come un benefattore, come un filantropo, da quelle coppie di eleganti marionette. Io finii la mia improvvisazione in un "cancan" sfrenato che le coppie accennarono coraggiosamente tra le voci di protesta benevola delle madri.... e sulle ultime note del "cancan" la voce timida di miss Rhoda disse alle mie spalle, nel suo inglese dolce, un po' latinizzato dalla lunga dimora in Italia: "Sento che mi siete amico. God bless you!".

Da quella sera volli veramente essere un amico per quella povera anima sola, e sentii di avere in lei un'amica devota ed entusiasta. Tutti erano corretti con lei, in verità, perchè la sua apparenza era distinta e per bene, perchè meritava rispetto e non avrebbe tollerate scortesie. Ma nessuno con lei era buono. Io volli esserlo. Ognuno di noi è provvisto di una certa dose di bontà, frammista a qualche malvagità e a molta apatia. Un poco buoni, con discrezione, senza lusso, siamo tutti. Come le cinque lire che togliamo ogni tanto dal portamonete per darle alla fame altrui, così ogni tanto sentiamo il bisogno di prendere un pizzico di quella bontà che possediamo per darla in elemosina spirituale. Ma, curioso! mentre l'elemosina materiale stuzzica la nostra vanità e ci piace vederla registrata sulle colonne di qualche diffuso periodico, invece dell'elemosina spirituale ci vergogniamo, ne facciano un'azione clandestina, per paura di sembrare romantici.

Io cercai dunque un pretesto utilitario che assecondasse le mie intenzioni di bontà verso la povera miss Rhoda: dissi alle ospiti che intendevo rinfrescare il mio quasi obliato inglese dovendo andar presto a Londra per la season, in casa di una lady molto quotata presso la contessa, e cominciai, infatti, a fare lunghe chiacchierate alternate con letture dei migliori scrittori inglesi, ch'ella conosce molto bene, con la pallida donnina, trasfigurata dalla gioia.

Era un'anima. E il contatto con un'anima che ha sofferto, che si è maturata all'aspra scuola del dolore senza esserne avvelenata, è una cosa che commuove anche chi sia avvezzo a passare il tempo tra le frivole categorie della gente che non sa far altro che godere e che ha orrore di una sola cosa al mondo: di prendere la vita sul serio.

Parlo con me stesso, scrivo per me stesso. Perchè mentirei? Il mio sentimento per miss Rhoda non era fatto che di pietà. Un tramonto triste, un tramonto sincero, che non si difendeva. La contessa non è più giovane di lei. Ma le sapienti cure al suo corpo, gli abili ritocchi al viso, la toilette raffinata, le arti della più ricercata civetteria, la gran posizione, tutto l'insieme la ringiovanisce.... e non mancano, come ho detto, ammiratori a quello splendido vespero saturo ancora degli aromi del giorno. Invece, quella ormai vecchia signorina senza artifici, vestita per forza con la semplicità di una ragazza ventenne, costretta ad uscire sotto il gran sole crudele, col confronto continuo di sfolgoranti giovinezze, costretta, dalla serietà della sua posizione e anche dal suo schietto carattere, a non cercare attenuanti al suo declinare.... quella povera signorina non poteva possedere per me nessuna attrattiva sessuale. Con un precettore, nelle sue condizioni, credo sarei stato ugualmente amichevole. Provavo un gran piacere in quel novissimo esercizio di bontà verso una donna, che non mi fosse parente. Fino ad allora non avevo mai guardato il sesso gentile altro che come una possibile preda. Le qualità fisiche sono le sole che mi attraggono in una donna, lo confesso. La troppa virtù m'intimidisce, la troppa intelligenza mi è antipatica; la simpatia fisica è quella che ha sempre determinato in me la scelta di una donna: la donna come amante, come compagna nel ballo, nel gioco, nella conversazione, in ogni contingenza della vita. Facendo ciò, s'intende, ho sempre servito il mio egoismo e non avrei mai creduto il mio io suscettibile di una forma di altruismo, in ciò. Me ne resi conto, e rammento ch'io feci la psicologia di me stesso (la più difficile di tutte le psicologie) così: "Io non considero miss Rhoda una donna, nel significato solito. Essa è per me una creatura umana che soffre, che desta la mia compassione, e mi piace esserle benevolo del mio fraterno interessamento". Avevo anzi la piccola vanità segreta dell'opera buona che compivo. Nessuno mi aveva ancor detto che sono cavalleresco, che ho un nobile cuore, che sono un vero signore di razza non solo nelle maniere esteriori, ma nella delicatezza dei sentimenti; e tutto ciò, essendo inedito, mi faceva un piacere intimo che non mi dànno più altre e maggiori soddisfazioni di amor proprio mascolino.

Ella era veramente un'anima attiva e fuori del comune; una natura ardente spiritualmente, mistica, appassionata e dolorosa, una piccola sensitiva che la vita aveva stritolata in mille modi nei suoi aspri congegni. Mi raccontò subito la sua storia, con quel caldo e pur semplice accento di verità che non ammette miscredenti. Ricordo press'a poco le sue parole: "Sono nata a Londra, figlia di un professore di lettere dato specialmente agli studi shakesperiani. Mio padre è un uomo colto, austero, rigido protestante, un nobile spirito che io ho molto amato e che rimpiango di aver fatto soffrire. È ora vecchissimo e so che non mi ha perdonata. Io fui tratta da letture, da un'amicizia, da inclinazione personale, verso la religione cattolica, e credetti di dover seguire l'ordine della mia coscienza che mi comandava di passare a quella religione. Avevo diciotto anni. Attraversavo una crisi di fervore mistico che mi chiamava alla vita claustrale. Mio padre fu inflessibile. Era agiatissimo e padre di numerosa prole. Mi diede la mia parte, cinquantamila lire, e non volle vedermi mai più.

"Dopo qualche tempo di noviziato religioso, fui mandata in Italia, a Roma, in un convento di monache. Non avevo ancora pronunciati i voti, per fortuna. È strano: Roma, la città del Cattolicismo, la sede del Cristianesimo, operò sul mio spirito una rivoluzione. Attraversai una crisi di paganesimo.... ma nel senso estetico, nel senso migliore. M'innamorai dell'arte, della bellezza, aspirai alla mia libertà individuale, mi accorsi che non ero nata per la vita del convento, per la comunanza con creature così diverse da me. Ebbi orrore dell'ipocrisia umana, vista collettivamente, e volli liberarmi. Uscii dunque a rivedere il sole e le stelle (avevo ventiquattro anni), ma mi fu impossibile ricuperare più della metà della mia sostanza. Il resto fu inghiottito irreparabilmente dall'Ordine e un onesto avvocato mi consigliò di venire ad una transazione se non volevo perdere anche il resto. Dovevo lavorare per guadagnarmi il pane. Diedi lezione di musica e d'inglese, feci copie di quadri nelle gallerie. Ma ero allora fresca e non brutta e la lotta per mantenermi onesta mi snervava e mi avviliva.... Andai innanzi così, salvata dal mio orgoglio, diversi anni. Poi conobbi un cattivo soggetto che, rivolgendosi alla mia pietà, seppe conquistare il mio cuore, e riuscì a farsi accettare come fidanzato. Aspettava una posizione che non veniva mai.... e io lavoravo per lui, non ho vergogna di dirlo, perchè ero in buona fede, perchè lo amavo immensamente, perchè lo credevo buono ed onesto.... e non era il mio amante! Un bel giorno egli seguì all'estero una vecchia ricca, lasciandomi nella più amara disillusione che creatura umana abbia mai provata al mondo! Credetti morirne. Invece vissi. Ebbi orrore della solitudine e pensai di collocarmi come istitutrice. Avevo trent'anni. Stetti un anno in una casa in cui le scostumatezze del signore mi obbligarono a dare le mie dimissioni. Poi venni qui.... e la mia vita è, da parecchi anni, quella che voi vedete....". Ella era così triste, così sconfortata, così piena di nostalgia di un po' di felicità, che mi serrava il cuore. Non era un'eroina e si rendeva conto che tutto quello che accadeva in quella casa, sotto i suoi occhi, non era esemplare. L'educazione delle ragazze non le piaceva, la vita della contessa le piaceva ancor meno.... eppure non aveva il coraggio di ritentare la sorte, visto che aveva innegabili vantaggi materiali ed il riposo morale. — "Il riposo!" — ella diceva — "com'è poca cosa, però, per chi ha tanto desiderato la felicità! Poca, breve, passeggera, ma un poco di felicità, anche per me! come l'ho desiderata! Ma adesso, è tardi...." Diceva quelle parole con una voce così commossa, con un desiderio così struggente che mi straziava il cuore. La sua vita era tutta un rammarico. Diceva: "Forse la colpa è anche mia. Non ho saputo scegliere la mia strada e ho trattato male tutti coloro che ho amato. Ho scontentato mio padre, che veneravo; non ho saputo servire Dio, nel quale credo fermamente. Per l'arte non ho avuto abbastanza ingegno nè pazienza. Avevo due o tre uomini che si occupavano di me, e scelsi il peggiore. Adesso non amo più nemmeno il prossimo.... perchè la felicità altrui mi fa soffrire!"

Mi domandavo qualche volta a quale specie di bene ella aspirasse, e una volta lo domandai a lei, nelle nostre ore di esercizio d'inglese, in un cantuccio del grande hall, tra le piante e i fiori ch'ella disponeva così artisticamente (era una delle sue mansioni). Ella mi disse: "Oh amico mio! Ma la sola felicità ch'io possa chiamare con questo nome è quella d'amore! Io sono nata amante.... e morrò di fame, di sete d'amore! Non è soltanto il rimpianto dello svolgimento naturale della mia vita fisica.... nè il rimpianto d'essere ormai nel mio autunno senza essermi formata una famiglia. Il ragioniere del conte, un uomo onesto, sano, di cinquant'anni, agiato, mi sposerebbe, se lo volessi, e per i miei meriti, logicamente, dovrei accettarlo. Ma no, ma no! Io volevo conoscere l'amore, l'amore bello, l'amore che avevo sognato, l'amore dei poemi e dei canti, quello di Romeo e di Tristano.... quello di cui udivo le storie fin da piccina, sotto il cielo grigio del mio paese, quello di cui ho avuto l'intuito in Italia sotto questo bel sole d'oro, e del cui desiderio vano morrò...".

Non aveva pudore, eppure era così sincera, così ardente e così casta insieme, che destava rispetto. Diceva anche: "Non vi scandalizzate, amico buono. Io mi pento amaramente della mia passata rigidezza di vita. Un tempo ero giovane e quasi bella, e molti mi chiedevano amore. Io volevo un marito. Avevo torto. Avrei dovuto contentarmi di un amante, giovane e bello come me, che m'insegnasse la gioia. Un marito, secondo il mio desiderio, nella mia condizione, non si trova facilmente. Un amante si trova sempre, quando si è giovani. Un po' di morale di meno, un po' di gioia di più. A chi avrei fatto danno? A nessuno. E non avrei nel cuore quest'amarezza struggente..., il sentimento tormentoso del tempo che fugge, del fiore della vita che si sfoglia giorno per giorno.... il senso irrimediabile e pauroso del "troppo tardi".

Quando parlò così, quella volta, nel remoto angolo delle mortelle, accanto alla musica fioca della fontana, sul banco che ci accoglieva vicini, era quasi sera, un po' di rosso del tramonto filtrava tra le pareti verdi, accendeva i capelli di miss Rhoda, ch'era vestita di bianco, e teneva le mani abbandonate sulle ginocchia.... Non piangeva perchè il suo dolore era così profondo, così materiato di lei stessa che non poteva sciogliersi in pianto. Allora io, vinto dalla pietà, baciai sulla fronte, sugli occhi, sui capelli quel dolore umano che mi faceva male....

***

Nei giorni che seguirono, se un piacere, se una piccola ebbrezza io provai fu quella di vedermi accanto tanta mesta gioia, se posso dire così, e tanta riconoscenza. Io mi sentivo veramente un benefattore, un creatore di felicità, e ne ero soddisfatto. Ricordavo di aver molto riso una volta leggendo di una gran dama francese, di leggeri costumi, che spiegava così la facilità con la quale concedeva i suoi favori: "Ça me coûte si peu et ça leur fait tant de plaisir!". Il mio caso era press'a poco lo stesso; solo, non mi pareva immorale nè ridicolo.... Il bene da me largito era più spirituale ancora che materiale. E nessuna ipocrisia in me. Nessuna parola d'amore pronunciavo mai con la mia amante, nei nostri incontri notturni. Io andai da lei tutte le notti, nel tempo che ancora restai alla villa: la triste camera dove quel verginale autunno sfioriva dolorosamente, nella desolata solitudine, fu per lei camera nuziale benedetta di cui il ricordo radioso sorriderà al resto della sua vita.... Ma ella ben comprendeva che il nostro duetto non poteva essere altro che breve, come quell'ultimo splendore d'ottobre che colorava la distesa del parco.... Capiva il mio stato d'animo, il mio sentimento verso di lei, ne sono certo.... Si faceva forse qualche illusione, perchè è nella natura umana di illudersi sempre almeno un poco sul conto proprio, ma sentiva che con la mia partenza si sarebbe chiuso per sempre quello che per me non era che un fugace episodio di clandestina sentimentalità, e per lei la luce di tutto il resto dell'esistenza. Fu intelligente, discreta, fine, comprensiva, rassegnata e pure così felice, povera creatura, che io veramente le volli bene, col cuore, con la parte migliore di me, con quella misteriosa ed elevata parte del nostro essere che tace quasi sempre nelle più gaudiose ore del nostro volgare piacere. Il contentamento interiore che io provavo somigliava, mi pare, a quello che si prova prestando ad un amico bisognoso una cospicua somma; oppure salvando qualcuno da un pericolo con pericolo nostro; non so, qualche cosa di simile. E nessuno scrupolo mi pungeva di aver abusato, come si suol dire, dell'ospitalità. Oh santo Iddio! In altre ali della villa doveva succedere, o essere successo ben di peggio.... La contessa ha tutta una storia, le figliuole non aspirano che ad averne una.... Glissons.... Speravo però nel segreto della mia avventura. Ma una notte incontrai in un corridoio una cameriera gelosa, che mi si era offerta invano.... che certo mi spiò e chiacchierò. Vidi il giorno appresso tre visi furibondi di donne disilluse, umiliate e inferocite. Nessuna parola.... ma un contegno che mi fece abbreviare di ventiquattr'ore la mia permanenza alla villa. Miss Rhoda il giorno stesso, col pretesto di un viaggio a Londra per pacificarsi col vecchio padre, diede le sue dimissioni, prevenendo il sicuro congedo. Ma nessuno le parlò, perchè l'ira gelosa, lo sbalordimento, l'offesa vanità delle tre signore preferì il silenzio.

Ella è ora lontana, nella sua grigia Inghilterra che lasciò a vent'anni, in cui ritorna più di vent'anni dopo, col fardello di molto dolore.... ma con un luminoso, insperato, recente ricordo di gioia.... che le terrà sempre buona compagnia. Crederebbe forse di sognare se non portasse con sè il mio ritratto e un anello che certo non l'abbandonerà nemmeno sotterra.... Ella diede a me, piangendo, una rosa thea un po' sfiorita, che odorava delicatamente ancora, simbolo e ricordo.... E la conserverò. Purtroppo non è ricco il museo dei cimelii delle mie buone azioni, fino ad ora....

Ed ecco che qualche cosa è venuto a guastarmi questo delicato ricordo intimo, questo episodio dalle sfumature un po' complicate e forse perciò più interessante di quelli che capitano tutti i giorni.

Stamane ho incontrato, al Club, quel nefasto corruttore di giovani che è Piero Pinamonti. Corruttore spirituale, più dannoso d'ogni altro. È uno di quegli intelletti distruttivi che sembrano nati dagli amori ancillari di qualche Mefistofele. Negano tutto, sorridono di tutto, avvelenano col dubbio tutto quel po' di bene che pure non manca al mondo. La nostra generazione ha molto sofferto della scuola di quegli uomini là, più vecchi di noi di vent'anni, che sembrano essersi assunto il còmpito di educare all'ateismo religioso ed umano. Io, da qualche tempo, dopo averlo subìto, mi sono emancipato dalla sua tirannia. Penso con la mia testa, studio uomini, cose.... e donne con metodo mio, ribellandomi alle sue premesse ed alle sue conclusioni. È stata una liberazione difficile.... ma il mio fondo era, è ottimista, e volevo essere me stesso, non già la copia di un altro. Stamane, dunque, facevo colazione al Club ed egli, senza mio piacere, è venuto a sedersi al mio tavolino. Capivo dalla sua faccia ch'egli "sapeva". Le mie maniere secche lo hanno tenuto un poco in soggezione. Poi, riprendendo quella confidenza che disgraziatamente io gli avevo concessa, dopo un discorso grasso che si faceva a proposito di un amico comune, egli mi ha detto a bruciapelo: "E tu, giovane degenerato, non mi racconti le tue gesta? Se n'è parlato a perdita di fiato, sai? e....". L'ho interrotto: "Prego, caro. Non facciamo scherzi di cattivo genere. Non ho storia in questo momento e non permetto romanzi sul conto mio". — "Oh, oh, oh!..." ha fatto con quel suo risolino tagliente come una piccola arma proibita. Non fare il diplomatico con me. So, e da buona fonte. Dimenticherò, se lo desideri.... Ma lasciami dire due parole....".

"Auff!" ho sbuffato. "Insopportabili spioni, cronisti falsi, corvi del male altrui! La nostra società è solo questo...."

— "Sei amaro. Ma senti. Una cosa m'impensierisce per te. Eri in una villa di delizia, in un vero harem occidentale di belle donne.... Avresti potuto navigare a gonfie vele con donna Clara, bordeggiare piacevolmente con Tancia e Mirette, esercitarti con la ciurma di due cameriere gustosissime.... e vai ad annegarti con una magra spinster malinconica.... buona per fare il tè ed imburrare il pane.... o per fare da mezzana alle sue padrone!"

"Piero! tu menti e sei un villano! Non mi divertono i tuoi discorsi di vecchio cinico." E mi sono alzato. Egli, imperturbabile, mi ha detto dietro: ".... è più grave di quanto avessi supposto. Sei ancora innamorato.... e sei ridicolo!"

Io gli ho gridato: "Sei pazzo!"

Egli mi ha rincorso amichevole e conciliante, ha messo il braccio sotto il mio: "No, guarda, lasciati spiegare il mio pensiero.... lasciati rivelare a te stesso. Non hai più fiducia in me, da qualche tempo, ma hai torto. Bisogna saper guardare in faccia la verità, da buoni filosofi, da bravi soldati della vita...."

Io ho tentato ancora di ribellarmi, di sfuggirgli: "No, ti ringrazio. Non ho bisogno di rivelazioni. Ho la mia filosofia, che mi basta. Ho fretta, ciao....". Non c'è stato rimedio. Egli ha continuato, inesorabile, accompagnandomi verso casa mia; e tanto ha fatto, tanto ha detto, tanto insistito (sapeva la storia, e negargliela era impossibile) ch'io mi son lasciato andare a narrargli con l'antica deplorevole abitudine di confidenze, il mio caso psicologico, il mio stato d'animo particolare in quell'episodio che mi ostino a non voler chiamare erotico. Egli ha ascoltato, riflettuto, non sorridendo più, poi ha concluso: "Tu sei in buona fede. Ti ammiri.... e ti consideri quasi un eroe. In te prevale il sentimento, come più volte ti ho detto.... Tu hai bisogno di sentirti moralmente bello.... Ma devo dissuaderti, sai? Abbi pazienza. Nelle relazioni sessuali l'altruismo non è possibile. È una funzione di assoluto egoismo. Non protestare, è così. Sosterresti l'assurdo. Noi possiamo costringere la nostra ripugnanza a curare un lebbroso, ma non già il nostro essere ad amare una creatura che non ci attrae. Dunque tu, che ti credi l'eroe di un umanitarismo di nuovo genere, vuoi sapere perchè hai consolata la tua piccola inglese? Perchè te ne sei innamorato. È strano, è inverosimile, è mostruoso.... ma è vero. I tuoi magnifici venticinque anni di bel giovane adorato dalle donne hanno avuto una parentesi (la spero tale!) di anormalità e di precoce degenerazione. Tu hai amata e desiderata una donna brutta e vecchia, tra uno stuolo di donne belle che ti si offrivano....".

E come eravamo giunti innanzi a casa mia, e ch'io sono entrato con un gesto d'impazienza, dicendogli: "Imbecille!", egli mi ha mandato dietro un: "Ciao, caro!" ed una risatina canzonatoria, che mi ha dato l'impulso di tornare indietro e di appiopargli un ceffone....

Invece sono qui alla mia scrivania, e medito sul mio caso. Sono nervoso, scontento, turbato, disilluso su me stesso, perchè temo forte che quel cinico della malora, ch'io ho violentemente smentito, abbia detta la verità!...

IL PERDONO.

Due anni innanzi, la partenza della contessa Parisini Guidi dalla casa maritale per infedeltà del marito era parsa a tutti un bel gesto. Nuovo, originale, chic. Sì, perchè è molto raro che una donna, specialmente una dama, dia tanta importanza alla fedeltà coniugale. Una signora si divide dal marito se egli la maltratta, se sperpera, se.... essa lo tradisce.... ma quasi mai se egli la tradisce. Cose che accadono, bazzecole, vento che passa, onda che va.... Ecco perchè la fuga dal palazzo Guidi della giovane contessa, parve una bella e ardita novità e divertì il pubblico, il quale applaudì come si applaude uno spettacolo che piace. Ma adesso, dopo due anni, a giudizio maturo, dietro ponderata riflessione, la gente cominciava a pensare e a dire che la contessa Parisina avrebbe fatto bene a perdonare al consorte e a rientrare sotto il suo tetto. Cristianamente, socialmente, femminilmente avrebbe dovuto perdonare. L'opinione pubblica, insomma, avrebbe voluto la riconciliazione dei coniugi Guidi. Perchè? Ma! Così. Perchè la gente avrebbe giudicata divertente, dopo la burrasca, quella soluzione pacifica, riposante e morale. Dilettantismo di mutamento, egoismo collettivo, amore di emozione e di quieto vivere insieme.... in un fondo di cinismo e di meneinfischismo dei mali altrui. Questa la "galleria". Ma le "prime parti", accanto alla contessa, erano d'accordo con la galleria, anzi rappresentavano i corifei del lontano coro.

I genitori di Parisina avevano accolta la figlia a braccia aperte nella loro casa, coi due piccini, al momento della "fuga": l'avevano compianta, approvata, curata (perchè era stata molto male), trattata come se fosse ancora giovinetta, in casa sua.

Sì, certo, senza dubbio. Ma ora, passata la prima terribile esplosione di dolore e di delusione, passato il periodo di abbattimento, tornata la salute fisica, passati gli eventi al filtro della riflessione.... i genitori pensavano che la loro figlia dovesse tornare con suo marito. Essi cominciavano ad invecchiare, e quello scombussolamento improvviso delle loro abitudini dolcemente tranquille, aveva durato anche troppo. Maritata la figlia nella stessa città, essi prendevano tutto il buono ch'essa poteva loro dare.... le care visitine, le carezze dei bei nipotini, una folata di tenerezza e di giovinezza, ogni tanto, anzi ogni giorno, a piccole piacevoli dosi; poi l'ordine perfetto, le care abitudini, il bridge serale, i pranzi eccellenti con gli amici buongustai, le partenze a date fisse per la campagna, pei piacevoli viaggi verso i paesi del sole.

Ora tutto era capovolto. Una invasione di bimbi, di nurses, di abitudini diverse; e la figliuola sempre triste da consolare, da accompagnare.... Un vero finimondo!

La madre diceva alla figlia: — Mia cara bimba, se non c'è nessuno che abbia il coraggio di parlarti, lo avrò io questo coraggio, perchè si tratta del tuo bene. Sì, lo so, lo sento, nessuno più di me ti comprende e ti compiange. Ma, dopo tutto, siamo cristiani e ci dobbiamo regolare secondo gli insegnamenti della religione in cui siamo nati. Tuo marito è pentito dell'offesa che ti ha fatta. Ti chiede perdono. Tu glielo devi accordare. Devi questo a te stessa (se non a lui) ed ai tuoi bambini. Tu non hai il diritto di privarli della loro casa, della loro famiglia, della serenità del focolare. Pensaci. Ti parlo pel tuo bene.

Parisina rispondeva: — Non posso. — E non le si cavava di bocca più di così. Il confessore la catechizzava, ed ella rispondeva: — Non posso. — Le amiche più intime la esortavano ed ella rispondeva: — Non posso. — Il suo medico l'ammoniva ed ella rispondeva: — Non posso.— Il suo vecchio amico prediletto, il confidente più vicino al suo cuore, le diceva le parole della sua saviezza. Ma ella rispondeva: — Non posso.

A questi però diceva qualche cosa di più. Sì, qualche volta, quando le pareva di avere una pietra sul petto o quando le pareva d'essere sull'altalena, nel momento della discesa, quando lo stomaco sembra svuotarsi.... e si è lì lì per mancare.... Allora piangeva o parlava. Ma solo col suo vecchio amico, il più intelligente, il più sensibile di tutti, sotto quella sua maschera elegante di filosofo pessimista.

— Perchè mi parla di perdono, lei, padrino? Mi spieghi prima cosa vuol dire perdonare. Rinunziare alla vendetta o al castigo. È così? Ciò poteva essere (in altri tempi) un atto di clemenza e di bontà. Ma ora che non si tratta più nè di vendette nè di castighi, cosa vuol dire perdonare? Dimenticare le offese? Ma dimenticare non è in nostro potere. Quell'uomo al quale avevo dato tutto, nel quale credevo come in un Dio, che adoravo, pel quale avrei dato la vita, mi ha offesa mortalmente nel mio amore e nella mia fede, preferendomi una donna che non mi valeva, mentendo, avvelenandomi il cuore, uccidendo la mia fede nel bene, rovinando la mia gioventù, sostituendo l'amaro del fiele a tutte le dolcezze del mondo.... E vuole che io dimentichi questo? Odio quell'uomo. Come posso perdonargli?

— No; lo ami — diceva il vecchio amico tristemente.

— Forse. — Sospirava essa con un guizzo di disperazione negli occhi.

— La tua sventura, figliuola mia, è quella di accordare soverchia importanza al tuo cuore, di farne il fulcro dell'universo. "Rimpicciolisci il tuo cuore" dice la saggezza cinese. Il cuore è un piccolo muscolo importuno e pieno di eccessivo, incosciente egoismo.

— Egoismo! — ella protestava. — Avrei date mille vite per lui!

— Ma al patto di averlo tutto in tua mano, anima e corpo. Forse codesta è un'esigenza innaturale e troppo superba, da parte di una donna. L'uomo ha una libera anima e un libero corpo.... La natura lo ha fatto così.... e non può essere prigioniero di una donna, neppure amandola....

Ella diceva: — Non so cosa rispondere alla sua filosofia. Io non ho obbedito e non obbedisco che al mio sentimento. Davo tutto e volevo tutto. L'amore vero e grande vuole il contraccambio assoluto. Anche una donna ha la sua gelosia, la sua dignità, il suo onore e il suo dolore. Peggio per chi non lo capisce. Ho troppo patito per poter dimenticare!

— Tu ami ancora tuo marito. — Concludeva il vecchio amico.

Ella non replicava.... perchè il suo povero cuore temeva che fosse proprio così.

***

Così sciupata di dentro, la contessa Parisina, e così graziosa di fuori!

Il dolore aveva data ai suoi grandi occhi scuri una nuova intensità di sguardo e una profondità vellutata che spiccava a meraviglia sulle guance assottigliate e pallide di madonnina un po' manierata, un po' troppo bella, di Carlo Dolci. Adesso l'uragano passando su quella sua troppo composta, troppo geometrica bellezza, vi aveva portato un poco di artistico disordine. A qualcuno essa ricordava, ora, i ritratti della grande appassionata Rachel, con quella piccola fronte convessa che era la sola linea un po' irregolare del suo bel profilo.

Le donne, con gioia, la giudicavano invecchiata. Gli uomini, con altrettanta gioia, la giudicavano più interessante. A furia di sentirselo dire, cominciò a trovarci un po' di gusto. Ma non per piacere ad essi: per sè. Le dava qualche soddisfazione, la divertiva blandamente d'essere carina. Prima le piaceva d'essere carina solo per lui. Adesso voleva esserlo solo per sè. Gli uomini, individualmente, le facevano schifo. Per uno di essi aveva sofferto tanto che faceva responsabile delle sue pene tutta la corporazione maschile. Ma gli uomini, come massa anonima, come platea, allora sì.

Ricominciava, dopo due anni, a frequentare il "mondo", sempre con sua madre, o con suo padre, o col padrino. Andava ai teatri, ai concerti, alle letture. Le piaceva un poco (solo un poco, come si conviene a dolentissima, disillusa donna) d'essere guardata, ammirata, corteggiata.

Dopo l'interessamento pei suoi bambini (da prima — benchè li avesse rapiti nella stessa automobile della sua fuga, come pecorelle insidiate da un lupo — non si poteva occupare con gioia nemmeno di essi), al ritorno dell'equilibrio nel suo povero essere turbato, il primo suo svago fu quello di coltivare la sua persona.

Il suo amor proprio non aveva sofferto consciamente, perchè l'amore vero è più forte dell'orgoglio e della vanità. Ma ora, a poco a poco, tornava a galla, anche quello, e poichè era stato ingiuriato e calpestato, aveva bisogno di consolazione e di riabilitazione. Non era dunque giovane, bella, desiderabile? Ma sì. Se suo marito l'aveva disdegnata e umiliata.... tanti altri l'ammiravano e sarebbero stati disposti ad amarla. Questa sicurezza bastava alla sua vanità. Amare? Mai più! Era una donna a passione unica, una donna di castità e di fedeltà. Fedeltà a chi, ormai? A se stessa. La fedeltà le pareva la vera nobiltà dell'amore. Le pareva che la sua durata rappresentasse il suo blasone. Se può e sa durare a lungo, l'amore è un gentiluomo. Se passa, è un volgare plebeo. Nella sua inconsciamente aristocratica maniera di pensare e di sentire, le pareva di non poter bollare l'infido amore peggio di così. Era una donna a passione unica, a uomo unico, cui il bis nell'amore, anche legittimo (supponendo che suo marito fosse morto) sarebbe parso un adulterio ed un sacrilegio. Si nasce una volta, si ama — così — una volta, si muore una volta. Essa sentiva che la vita dell'anima e del senso era per lei finita. E non aveva ancora trent'anni!

Però, a poco a poco, il suo dolore si raddolciva, perdeva, per dir così, gli angoli acuti; la sua salute rifioriva, la calma (una calma triste, quasi un pacato sentimento di precoce vecchiezza) entrava nel suo cuore. Aveva i suoi figli, che il padre, almeno in ciò onesto, non le contendeva. I suoi due figli da amare, da educare.

Sì, ma è retorica l'affermare che alle donne giovani bastino i figli per la loro felicità. No. La felicità di queste è fatta di mille svariate cose. I figli bastano alle madri quando esse sono vecchie, allora che la loro maternità è fatta di ricordi, di rinunzie e di quella tragica tenerezza che tutto dà e nulla chiede. La contessa Parisina cominciava a riattaccarsi alle diverse consolazioni che le offriva la vita. La ricchezza (aveva la sua larga dote di cui il marito non toccava più un soldo), i viaggi, la toilette, la beneficenza, questo sport del sentimento, che somiglia al tennis, al canottaggio, alla pesca e via dicendo. Pescare qualche fresca trotella in un lago azzurro, dà, a certe donne, press'a poco la stessa emozione che loro dà il visitare un povero a domicilio, avendone ringraziamenti e benedizioni....

Il piacere dell'abbigliamento la prese e la sedusse in modo speciale. Era sempre stata elegante, in quella maniera che consiste nel farsi vestire dai migliori sarti, secondo gli ultimissimi modelli. Eleganza un po' comune, impersonale, che fa sembrare le donne, in certe riunioni, un vasto collegio (molto laico) di cui ognuna rivesta press'a poco la stessa uniforme. Ora la contessa Parisina si stava facendo una linea sua, originale ma seria, fuori del comune ma sobria e composta. La sua personcina flessibile, la sua piccola testa espressiva ed altera ch'essa portava sul collo bellissimo, come le antiche canefore portavano le loro paniere, davano squisito risalto all'abbigliamento. Aveva il piccolo genio del buon gusto. Possedeva il senso della linea e del colore e portava i vestiti con semplice grazia istintiva, come se fossero la sua stessa pelle. Gli uomini forse non sanno (meno pochi raffinati) quali delizie possano dare al corpo femminile le carezze degli indumenti. Anche alle donne d'ingegno superiore, se restano vere donne. I bei tessuti dolci a toccarsi, i merletti, i veli, le gemme, gli effetti di luce, i lievi fruscii delle stoffe, i profumi, compongono un tutto così deliziosamente divertente e voluttuoso, che le persone serie hanno il torto di disprezzare.

Il piacere che prova la donna nel vestirsi ed ornarsi non deve essere solamente spiegato dall'atavica e permanente tendenza della femmina ad abbellirsi per piacere al maschio. No; nei piaceri dell'abbigliamento c'è della personalità e dell'intelligenza, ci sono delle aspirazioni d'arte incosciente ma innegabile. In questa manifestazione di finezza e di estetismo la donna supera l'uomo (le eccezioni non contano) e ne ha godimenti che esorbitano dal giudizio sommario di "vanità" che di questa passionale tendenza donnesca dànno gli uomini.

Parisina, mollemente avvolta nelle sue dolci sete, si consolava a poco a poco e blandamente si rasserenava. Ma la sua dolce malinconia ancora si esasperava quando coloro che l'amavano andavano a parlarle di perdonare al marito infedele. Ora rispondeva con minor violenza, senza impallidire fino alle labbra come un tempo faceva. Diceva freddamente: — No, è inutile, non posso, non voglio. Sto bene, sola. Riunirmi al conte Guidobaldo Guidi, perchè? Sarebbe una finzione inutile, una mascherata. No! No!

I suoi piccini l'adoravano, le amiche le volevano bene perchè era infelice (alle persone che si credono felici nessuno mai vuole bene), l'equilibrio si andava ristabilendo nella sua vita. Ma i suoi genitori trovavano che era troppo giovane, troppo bella, troppo elegante per andare nel mondo come ora faceva, sola o accompagnata da cavalieri non consanguinei.

Parisina andava in società solo per indossare i bei vestiti che la rallegravano, per farli ammirare e anche un po' invidiare.... perchè no? Degli uomini continuava a non curarsi. Quando non la disgustavano addirittura, le erano indifferenti. Aveva solo bisogno di pace, aveva paura del dolore, aveva un unico desiderio: la calma. Quel vigliacco desiderio di calma, di riposo, di oblio, che diventa l'unica aspirazione delle creature che hanno molto sofferto e che non s'accorgono che il riposo perfetto dell'anima è la morte nella vita!

Il tempo passava, il pietoso tempo che è balsamo, cotone, ristoro pei mali che bruciano. A poco a poco il male di Parisina non bruciava più.... Ella lo sentiva addormentato, cicatrizzato, e se ne ricordava solo ogni tanto, come di quelle ferite che dolgono quando muta il tempo. Che bellezza! non le doleva più il petto, proprio fisicamente, come un tempo, quando pensava a suo marito. Cosa sentiva? Nulla. Rancore? Rimpianto? Nostalgia? Nulla. Nulla. Non soffriva più. Non le importava più. Guarita dall'amore e dal dolore! Che benessere provava! Un benessere dolce di convalescente, che torna alla salute. Una vita senza vita, sì. Ma quando si è giovani e belli e sani e ricchi, la vita ha sempre qualche risorsa, qualche piccola dolcezza, anche senza quella stupidissima, malefica cosa che è l'amore!

***

Passavano i giorni, calmi, sereni, quasi lieti, per la contessa Parisina Guidi, torre d'avorio, disperazione de' suoi malcapitati spasimanti. Suo marito cui ella aveva reiteratamente rifiutato il perdono in cinque anni, aveva viaggiato, aveva lavorato, aveva anche vissuto ore di gaudio volgare, pure portando vivo nel cuore il ricordo di sua moglie (che amava ardentemente dacchè l'aveva tanto fatta soffrire) e la speranza di riunirsi un giorno a lei. I ripetuti rifiuti di perdono lo avevano afflitto ma non scoraggiato. Diceva tra sè e con gli ambasciatori sfortunati: — Adesso mia moglie non mi ama più. È offesa nel suo amor proprio e il suo carattere è ostinato. Ma un giorno mi amerà ancora. Non perdo la speranza anzi la fede. Mi ha tanto amato che mi riamerà, e allora mi perdonerà.

E dell'avviso del conte Guidobaldo Guidi erano anche i parenti di Parisina e gli amici che più le volevano bene. Tutte persone che si credevano astute e forti in quella scienza, più astrusa della matematica, che si chiama psicologia.

Dàlli e dàlli, prega e riprega. Alti personaggi adoperati come intermediari: prelati, uomini politici, come per una mondiale conferenza della pace! In fondo, si trattava di ritornare semplicemente sotto il tetto coniugale disertato cinque anni innanzi. I figli avevano il diritto di crescere nella loro casa. Ella poteva accordare al marito pentito e ravveduto (che aveva compiuto un pericoloso viaggio, che aveva perfino scritto un libro) il suo cristiano perdono, andando a vivere con lui, almeno, come una buona sorella. Era ormai il suo preciso dovere.

Ella non rispondeva. Ma tutto faceva supporre che essa stesse per capitolare.... e che più miti sentimenti le tornassero in cuore verso l'uomo che tanto aveva un tempo amato, poscia odiato e vituperato.

Allora qualcuno consigliò al conte Guidi di presentarsi risolutamente a sua moglie per ottenerne, quasi per sorpresa, il tanto sospirato perdono. Egli andò, quasi in aria di conquistatore, forte del suo antico potere su quella donna, ancor bello benchè un po' invecchiato, soddisfatto nel suo amor proprio, acceso di rinnovato amore, fatuo come tutti gli uomini che si sanno molto amati, lieto che il suo pronostico si fosse finalmente avverato....

Gran signore di maniere, elegante, di mediocre animo, con un po' di goffaggine sulla consueta disinvoltura, con un po' di vera commozione in fondo al cuore, si presentò a lei un giorno, e disse, dopo averle baciato la mano, inchinandosele profondamente: — Sono venuto, dunque, mia cara, e prendere la mia assoluzione. Ho aspettato quasi come Giacobbe! Ma.... lo sapevo che tu mi avresti amato ancora, presto o tardi, e che mi avresti perdonato!

Parisina era commossa.... perchè aveva avuta una terribile paura di commuoversi! Invece, nulla.... o quasi nulla! Un piccolo sbatter d'ali, un soffio, un tonfo.... poi più nulla! Che felicità! Suo marito era là davanti a lei come un altro uomo qualsiasi. Si sentì forte, padrona del suo destino, più forte di lui. Sì, perchè sentì che per lui non avrebbe sofferto, nella vita, mai più! Quella sicurezza fasciava il suo spirito di forza e di serenità.

Era in piedi, accanto ad una gran tavola coperta di un broccato giallo sul quale si allineavano alti vasi d'argento, pieni di gladioli multicolori, battaglieri come lancie in resta. Era il suo piccolo salotto di fanciulla dove lo aveva ricevuto per la prima volta.... Lo accolse in piedi: non si sedè e non lo fece sedere.

Indossava un molle vestito di crespo di un soavissimo colore violaceo con larghissime maniche, e una piccola cintura cadente. Monacale e seducente, languida e austera insieme. Il suo vestito era uno stato d'animo.

Preparandosi, dianzi, al colloquio, pensava che non avrebbe detto nulla a suo marito; non provava per lui nessun sentimento, nè buono, nè cattivo. Egli non esisteva più per lei. Era caduto giù dal suo pensiero e dal suo cuore come un frutto che cade da sè, così, perchè l'albero non lo regge più....

Allora? Non sapeva le parole di quello strano stato d'animo. Voleva tacere. Invece parlò. Ubbidì ella ad un impulso di tardiva vendetta? Ubbidì all'interiore comando di una necessaria sincerità? Disse: — Io vi perdono, sì, Guidobaldo. Posso finalmente perdonarvi perchè.... non vi amo più.

La cosa ch'ella aveva detto era troppo finemente profonda per la comprensione del conte, che era difeso da un solida fede in sè stesso.

Egli sorrise incredulo, ma sulla sua bocca apparve una piega di delusione e di perplessità che male nascondeva un improvviso dubbio.... forse il principio di un tormento.

Ella pensò: — Egli sorride.... eppure soffre. Ma quel pensiero non le diede la minima sensazione di gioia. Poichè non lo amava irrimediabilmente più, quale gioia poteva mai venirle dal suo patimento?...

IL MARITO DI "LAURA".

Bisogna confessare che ci sono a questo mondo posizioni difficili e complicate. Per esempio, cosa deve fare (non dico cosa deve sentire, perchè il sentimento è impulsivo ed ingovernabile) cosa deve fare, dico, un galantuomo che si trovi in questo frangente: egli ha una moglie con la quale vive, dopo alcuni anni di amore, in un dolce piacevole cameratismo, stimandone l'intelligenza vivace, la praticità di massaia, la sobria eleganza, la maternità assennata, il carattere uguale e sereno. E un bel giorno (bello è in questo caso sinonimo di brutto) s'accorge che sua moglie ha un amante. Ssss! Non basta! Un momento. E questo amante è un uomo celebre, un grande scrittore da lui fortemente ammirato (il marito è un fine dilettante d'arte, un vero buongustaio) e da lui stesso presentato alla sua donna, per l'ambizione di avere nel loro salotto un autentico astro fra tanti asteroidi.

....Ancora un momento.... Non è finito il quesito. E il dabben uomo si è accorto, con la sua lucida intelligenza e con la freddezza che gli consentono le ceneri del suo examore maritale, che la relazione peccaminosa che unisce sua moglie e il grand'uomo non è un semplice capriccio e nemmeno una scalmanaccia sensuale, ma una vera e propria e tormentosa passione. Ecco.... Quello che un marito debba fare in simile caso giudicheranno in chi sa quante svariate guise i lettori, che avranno differenti ideali, morali, coscienze.... eh già! perchè, se no, il mondo sarebbe monotono.... Ma quello che fece il nostro signor Pietro Di R.... esce un pochetto dal comune e mette conto di raccontarlo.

Quando dunque egli s'accorse che la sua metà mancava al dovere di fedeltà coniugale (avvertito da una lettera anonima documentata, verificò e dovette persuadersi) fu a tutta prima addolorato, questo s'intende, ma sopratutto seccato, disturbato nel suo dolce quieto vivere; e, per mettere subito qualche cosa fra la sua brutta sorpresa e la sua necessaria decisione, risolse di metterci.... una discreta quantità di chilometri.... e fece un viaggetto. Lontano da casa, ritrovò l'equilibrio, gli passò l'emicrania che lo aveva assalito nei giorni decorsi, riacquistò l'appetito che aveva quasi perduto.... e si sentì in corpo il nostalgico desiderio del focolare domestico.

Egli, in verità, aveva organizzato il suo nucleo famigliare in modo perfetto. Tutti glielo lodavano, molti glielo invidiavano, e non avevano torto. Un delizioso villino di gusto squisito, munito di tutte le raffinatezze. Una bella moglie decorativa, simpatica alla gente, che aveva il piccolo genio della conversazione, che riceveva con grazia impareggiabile. Due bei bambini robusti; una brava nurse inglese; una bella automobile; un buon cuoco che rubava con discrezione, un amministratore onesto e affezionato: parecchi amici fedeli e moltissime conoscenze piacevoli, fra cui alcune illustri che lusingavano il suo "snobismo". Tutto scivolava come sulle rotelle, in casa sua, nel bel villino sempre pieno di fiori, di libri, di visite interessanti.... Ci si stava come in un piccolo eden.... e la lontananza lo rendeva ancor più apprezzabile al buon conoscitore. La coscienza della propria colpa e la passione felice rendevano, da qualche tempo, ancor più soave, ancor più diligente in tutte le sue mansioni la bella signora Nelly. Era proprio bella! D'una bellezza un po' fuori di moda, un po' fredda, di madonna raffaellesca, divinamente insulsa, come, per esempio, la "Bella giardiniera" del Louvre. Ma nel cuore era tutt'altro che fredda: e se non lo aveva dimostrato al legittimo consorte, si era rivelata poi al celebre poeta X. X. che si era pazzamente innamorato di lei e che ne era stato il fortunato Pigmalione.

Dunque il signor Pietro Di R. tornò dal suo breve viaggio deciso.... ad ignorare tutto, a voler credere di aver fatto solamente un brutto sogno. Ma tornò con l'animo mutato. Dentro il suo largo petto, dietro la sua faccia colorita e sbarbata, apparentemente ancora gioviale, si nascondeva uno spiritello pugnace, armato della sua forza cosciente. Ne' suoi miti occhi inguainati nelle palpebre grasse, d'uomo troppo ben nutrito e troppo riposato, rideva ora una piccola luce maliziosa che scintillava come una contenuta minaccia. Minaccia a chi? Ma! Chi si vedeva guardato così da lui.... non poteva sentirsi totalmente tranquillo.

Infatti la bella e soave signora Nelly ne fu un po' turbata e gli chiese:

— Cos'hai, caro Pietro? Mi sembri un po' diverso del solito.

— Davvero? Tu, invece, mi sembri la stessa: cioè, il modello di tutte le perfezioni!

E la guardò acutamente, sdraiandosi nella sua poltrona preferita, sbuffando fuori il fumo della sua ottima sigaretta in una successione di anelli azzurrini. La signora Nelly abbassò i suoi belli occhi dorati di Madonna, e restò con la molesta compagnia di una certa perplessità....

La sera avevano ricevimento, e alla riunione scelta era promesso il gaudio della lettura di un nuovo poemetto del celebre maestro, amico di casa, X. X. Il quale era più che mai innamorato della signora Di R. che era diventata per lui, insieme alla gloria, la ragione più forte della sua vita. Egli non era più molto giovane, e provava per la prima volta l'accecamento di una fonda passione che tutto lo possedeva. Quella bella forma femminile, quel temperamento un po' freddo ch'egli aveva svegliato ai palpiti dell'amore, quella docile ammirazione del suo ingegno, suscitavano la sua vena poetica, distendevano i suoi nervi, riscaldavano la sua anima, dandogli quel benessere interiore, quella parvenza di felicità cui aveva prima invano aspirato. Egli avrebbe voluto di più. Amava tanto quella donna che non avrebbe domandato di meglio che d'averla tutta per sè, a costo di uno scandalo. Ma sapeva che l'amore di lei, grande abbastanza per giungere fino alla colpa, non era grande abbastanza per farle dimenticare i suoi figli e calpestare apertamente le leggi del mondo. Così egli si era acconciato a contentarsi di quello che poteva avere, e aveva accettata la posizione, che pure gli repugnava un poco, di assiduo amico di casa, oggetto delle speciali, premurose attenzioni del marito "dilettante d'uomini illustri". Pur di stare vicino a lei, pur di vivere nel suo respiro, di vedere l'armonia di quelle belle forme ondulate di creatura sana e bionda come le belle ninfe che sognava e cantava, egli sopportava da un pezzo, ormai, l'amicizia opprimente del rivale.... che lo soffocava con la sua ammirazione aggressiva. Ma egli non sapeva che presto avrebbe dovuto sopportare qualche cosa di più.

Il primo incontro con lui dopo il suo ritorno dal viaggio avvenne la sera del ricevimento e della lettura: ed il poeta, assorto deliziosamente nella contemplazione della sua bella amante, che, tra una nube di veli rosei, era, quella sera, più tentatrice che mai, non s'accorse del saluto freddo del marito di lei, dello sguardo diverso col quale lo guardò. Egli si sentiva press'a poco in pace verso di lui. Cosa poteva fare di più per essergli gradito? Cercato a dritta e a sinistra in salotti più illustri, da dame titolate che se lo contendevano, egli ricusava tutti gli inviti, dando sempre la preferenza ai Di R. la cui casa era stata circonfusa da lui di novello splendore. La vanità del buon borghese era soddisfatta. E l'abilità con la quale il poeta conduceva da due anni la relazione con la signora Nelly dava ormai affidamento che il marito non aveva e non avrebbe mai nemmeno l'ombra del sospetto.

Il poemetto, una evocazione di paganesimo sapientemente trasfuso nelle sensazioni della natura, con la solita forma smagliante, in versi di perfezione lapidaria, reazione alla sciatta bruttura dei versi che non tornano dei poetucoli modernissimi, era una nobile cosa, e il poeta, ancora attraente anche come uomo nella sua persona magra, con la sottile barba scura, col profilo segaligno, con la lente nell'occhio; il poeta, che aveva una bella voce, che leggeva bene, che posava molto, ebbe un successo strepitoso. Le cinque o sei belle donne ivi adunate andarono in visibilio, gli uomini (tutti "intellettuali") mostrarono di gustare la bellezza dell'opera e l'onore del privilegio di conoscerla avantilettera.

Dal coro di lodi uscì a un tratto la voce un po' assonnata del padrone di casa, che aveva la sua faccia ridente di mascherone di terracotta, come se dalla sua bocca grossa e sana stesse lì lì per iscaturire una fontana.

— Illustre maestro, debbo essere sincero? il vostro poema è bello.... ma freddo. Io non sono un letterato, ma un buongustaio che raramente s'inganna. Quando rimpiango il mio avana.... è brutto segno! Forse il vostro lavoro è troppo difficile per me.... corro nel "fumoir". Auff!

Il poeta prese la cosa in burletta. Si mise a ridere (cioè a sorridere, perchè egli non rideva mai) gli disse dietro, ma dolcemente:

— Siete un idiota, amico mio!

E, circondato dal crocchio scandolezzato delle donne fanatiche, passò nella sala del buffet. Ma le parole strane e insolite del marito non parvero così innocue alla signora Nelly: la quale, all'amante che un momento le si avvicinò, senza testimoni, disse concitata e preoccupata, senza perdere l'immobile serenità della sua bella fronte coronata d'oro:

— Cosa succede, ancor mio? C'è in lui qualche cosa che mi fa paura....

Egli le rispose, contenendo a stento l'onda appassionata del suo sguardo:

— No, mia dogaressa. Nulla. È più villano del solito. Non occupiamocene! Ha mangiato e bevuto come un bruto. Se fosse in sospetto, il suo stomaco funzionerebbe meno bene.... Ti bacio, ti bacio....

E si separarono, tranquilli.... Ma la tranquillità non durò.

I modi del marito ingannato verso sua moglie e specialmente verso l'amante divennero permanentemente scortesi ed aggressivi. Pareva un superiore che trattasse degli inferiori; inferiori di posizione, di coscienza, d'ingegno. Qualunque cosa essi dicessero, egli la contraddiceva. Per sua moglie affettava un indulgente disprezzo, quasi ella fosse diventata all'improvviso una minorenne o una deficiente. Ma col poeta aveva assunto un tono di protettore bisbetico col suo protetto. E lo tiranneggiava. Lo obbligava a giocare con lui alle carte o al biliardo, due svaghi che il poeta aborriva. Lo andava a prendere in automobile ad ore non convenienti alle sue abitudini. Lo invitava spesso, anche troppo, ma cercava di tutto per essergli disaggradevole.

— Maestro, questa sera voglio farvi assaggiare un cocktail di mia invenzione. Non mi dite di no! Mi offenderei! Sentirete che nettare! Altro che i vostri versi!

E tanto insisteva che lo scrittore, press'a poco astemio, doveva finire col bere, compromettendo perfino la sua salute.

Una sera, in presenza di diverse persone, avendo X. X. enunciata una sua opinione con quel suo tono un po' cattedratico che gli aveva concesso di assumere la grande stima in cui era tenuto da tutti, il signor Di R. sbuffò:

— Suvvia, caro maestro, non ci raccontate frottole! Noi siamo degli umili analfabeti al vostro cospetto: ma quello che voi avete detto è semplicemente una sciocchezza!

Il poeta non fu padrone dei suoi nervi a quell'uscita villana, e, alzando le spalle, esclamò:

— Non discutete su cose superiori alla vostra comprensione. Rimanete ai vostri cocktails.... e alla benzina per le vostre automobili!

Il padrone di casa tacque, ma, partiti gli ospiti, disse alla moglie:

— Senti, consorte carissima! Se quell'illustre rompiscatole mi manca un'altra volta di rispetto, in casa mia, lo metto, come due e due fanno quattro, alla porta. Sei avvertita....

E ridendo del suo grosso riso, che pareva il riso d'un cuor contento, andò a coricarsi.

Nel loro clandestino nido d'amore, i due amanti si parlarono a cuore aperto:

— Evidentemente egli sa — disse il poeta — e profitta vilmente della sua posizione. Il suo intuito grossolano, ma sicuro, gli dice che io ti amo a tal segno da tollerare tutto da lui per non perderti. Potrei vederti qui, ma non mi basta: Io ho bisogno di vivere nel solco della tua vita. E mi sento la forza di sacrificarti la mia stessa dignità.... in faccia a lui. Del resto, la mia debolezza è solo una forza, perchè è la forza del mio amore. E lui è troppo piccolo, troppo nullo accanto a me.... perchè io mi senta menomato dalla sua bassa condotta.... Dammi le tue labbra divine, mia dolcezza, io mi vendico di lui, così!

Ella si rodeva in una collera impotente contro suo marito:

— I miei figli.... Per essi, per essi soltanto! Lascia che crescano ancora.... che non abbiano più tanto bisogno delle mie cure.... eppoi vengo via, con te, per sempre!... Ma ora sono ancora troppo piccoli.... non mi fido abbastanza della nurse, l'affetto del loro padre è grossolano, essi mi adorano.... si addormentano col mio bacio, si svegliano con una mia carezza...: Pazienza ancora un poco, amor mio! Perdono, perdono, di quello che devi sopportare per me!

E, vedendosi in ginocchio davanti la bella Madonna raffaellesca, scesa dal suo trono ideale, coi dolci occhi piangenti, il poeta e l'amante, inebbriati di bellezza e d'amore, scordavano il giusto risentimento umano e navigavano in un immenso mare di felicità....

Il poeta cresceva ogni giorno in fama ed in gloria. Era diventato ricco (il fatto qui narrato non accade in Italia.... dove la ricchezza non va d'accordo con la poesia). Oramai la critica da prima ringhiosa, aveva dovuto inchinarglisi. Tutte le diverse categorie di intelligenti o di cretini lo avevano accettato: chi per ammirazione sincera, chi per snobismo.... chi per fare dispetto a qualche altro scrittore. Il nome di X. X. serviva adesso come un proiettile da scagliarsi in faccia ad altri scrittori che volevano arrivare. Il poeta stesso, uomo di spirito, se ne accorgeva e guardava il mondo dall'alta cima del conquistato Elicona. Una volta, udendo un inno iperbolico in suo onore, fatto da un critico.... itterico, esclamò, guardandolo con la sua lente beffarda: "Ma di chi vuol dir male costui?" Eppure "il pericolo giallo" (una sua definizione della critica fegatosa) gli stava ai piedi, come una muta di cani in lassa....

Una volta fu invitato a recarsi a Roma, in occasione di una solennità patriottica italiana che egli aveva magnificamente celebrata in versi, e ad assistere ad una festa in suo onore. Era anche il venticinquesimo anniversario del suo primo volume di versi. Si era formato un comitato, l'Urbe si preparava ad accoglierlo con gli onori dovuti ad un trionfatore. Il poeta si sentiva incline a tenere il lusinghiero invito, lieto di rivedere Roma per la quale aveva un culto. Ma gli doleva aspramente, come ad un collegiale alle prime armi amorose, di separarsi dalla donna amata. Essa lo spingeva a partire, pure tristissima di doversi separare almeno per due settimane da lui. Un giorno il signor Di R. tagliò il nodo gordiano:

— Che ne dite, illustre amico, di una mia idea? Questa: poiché vi vedo imbarazzato come un pulcino all'idea di lasciare le vostre abitudini, vi propongo di accompagnarvi in Italia: io e la mia signora, sicuro! Perchè no? Noi faremo un bel viaggio e vedremo il paese dove fiorisce l'arancio, che ancora non conosciamo. Voi avrete la nostra compagnia, il mio aiuto pratico, in treno e negli alberghi. Potete risparmiare di prendere il vostro segretario. Noi avremo il piacere di goderci.... l'illuminazione della vostra gloria! Eh? Che bei matti anche quegli italiani che vi prendono sul serio!

Il patto singolare fu accettato, ed il terzetto assurdo si mise in sleepingcar. Ma a Roma, se nelle funzioni ufficiali, se nelle pubbliche celebrazioni le cose andarono bene (perchè solo il festeggiato era in piena luce) nell'intimità, nelle piccole riunioni intellettuali, nei salotti eleganti dove il gran poeta straniero fu di continuo invitato, si passava da uno scoglio all'altro. Perchè egli non accettava inviti se non erano estesi ai suoi amici e compatrioti che viaggiavano con lui. La cronaca di oltr'alpe non essendo ancora ben conosciuta a Roma, pareva a tutti stranissimo quel terzetto.... insolito. Cos'era quella bella donna, giovane ed elegante, che aveva l'aria così per bene, ma che pareva essere la musa del poeta? E quel marito? Da principio tutti compiangevano quell'infelice terzo incomodo che aveva una buona faccia rubiconda di caratterista da commedia, che era sempre di buon umore, che restituiva magnifici pranzi al Grand Hôtel, che aveva l'aspetto di un buon diavolo, indegnamente ingannato e.... cieconato. Ma a poco a poco, nel corso di due settimane, la valutazione della sua persona morale mutò, e anche lì l'eterna Sfinge che custodisce i segreti del cuore umano, propose alla curiosità della gente avida di emozioni un enigma stuzzicante. Sapeva il signor Di R. o non sapeva? Era un pazzo o un savio? Un furbo o un vile?

Una sera, la vigilia di rimpatriare, il poeta straniero ebbe in Campidoglio il ricevimento in suo onore che mise il culmine ai festeggiamenti. Nel luogo più bello e più sacro del mondo, in uno di quei palazzi michelangioleschi che nessuna nazione può vantare, in quelle storiche aule di suggestioni divine, il grande poeta ebbe una specie d'incoronazione morale che lo esaltò nelle più profonde latebre dell'orgoglio. La sua bella e soave amica, che l'indulgente condiscendenza mondana aveva tacitamente accettata e riconosciuta, umile in tanta gloria, passava nel solco di quella luce, giustificando con la sua chiara bellezza armoniosa vestita di celesti veli, adorna di perle, la preferenza del grande uomo. Ella pareva una Laura de Sade rediviva e meno crudele dell'antica verso quel nuovo coronato Petrarca, e tutti le erano riconoscenti d'essere l'ispiratrice delle belle odi perfette di forma e frementi di passione del poeta illustre, amicissimo dell'Italia.

Il buffet era delizioso. Le fragole dei Castelli romani avevano, dentro la rosea anima, tutto il profumo di quelle divine selve; lo spumante italiano era ottimo come lo champagne francese; le dame romane avevano il portamento magnifico e il profilo fiero dell'Agrippina di marmo che si ammirava in una delle sale fra i cento e cento capilavori dell'arte....

Di R. aveva assunto un tono più altezzoso che mai, non solo col rivale e con la moglie, ma con tutta la gente. Era così pieno di boria, così serenamente sfacciato che riusciva a combattere intorno a sè il ridicolo e la compassione....

All'uscire, nella sala dei mantelli, in un nucleo di ammiratori che lo accompagnava, il poeta straniero e i suoi amici indossavano le pellicce. Ad un tratto il marito di "Laura" prese dalle mani dell'incipriato valletto municipale la sua pelliccia di lontra e appioppandola repentinamente al poeta, senza che questi potesse protestare, si fece da lui aiutare a infilarla, come se quel servizio fosse nelle sue speciali mansioni, Poi, essendosi allontanato il poeta giù pel monumentale scalone, avendo al braccio la indignata donna ammantata di ermellino, al crocchio di gente sbalordita che gli stava intorno, disse il signor Di R. in tono di superiorità scherzevole:

— Quel caro maestro che voi prendete tanto sul serio.... è un poco il mio dipendente. Io lo conosco troppo. Non ci sono grandi uomini in veste da camera.... Lo amo molto, certamente, ma lo tengo in piccolo conto. Lo considero un poco il mio lacchè.... un poco il mio giullare. I suoi versi mi divertono e mi pare che in parte mi appartengano, così che sono io che mi sento festeggiato ed onorato qui stasera.... invece di lui! Ah, ah ah!

E ridendo del suo grosso riso umido delle copiose libazioni, il marito di "Laura" raggiunse con la sua calma olimpica, la coppia amorosa che lo attendeva pazientemente nell'automobile, lasciando nell'animo degli astanti l'insoluto curioso quesito: quale fosse di quei due uomini l'offeso e quale l'offensore....

FUGGE L'ORA.

Un minuscolo corpo, una particella d'anima, un arruffio di capelli biondi, un nasino all'aria, un mucchio di stoffe preziose e bizzarre, uno spasimante desiderio di felicità....

Tutto questo (così poco!) era una donna.

Era la nobildonna Floriana de Predis, detta Flo. Una sillaba, un soffio, un frullo d'ale. Il suo nomignolo la rappresentava esattamente.

Nata in un ambiente frivolo e immorale, le avevano insegnato solo cose superficiali ed inutili, l'avevano educata al solo scopo di piacere agli uomini, di trovare marito, di godere la vita.

Non aveva corso il pericolo di restare zitella: era immensamente ricca e tutti i suoi difetti, se ne avesse avuti, le sarebbero stati perdonati. Come si fa a dire s'ella aveva dei difetti. I difetti risaltano sullo sfondo delle qualità....? e Flo non aveva nessuna solida qualità....

Si maritò a vent'anni, cominciando così la sua carriera e la sua missione: quella di amare e di farsi amare. Suo marito la deluse, la tradì, la maltrattò, ed ella che non era nata per soffrire (una cosa troppo seria per la sua animula di uccellino capriccioso e viziato) si separò legalmente da lui.

Aveva preso marito perchè credeva il matrimonio una cosa gaia. Prese un amante per la stessa ragione.... e siccome le delusioni sono inevitabili in tutte le relazioni tra creature umane, così di amante cambiò spesso, sempre sperando d'essere più fortunata, di trovare finalmente l'uomo che cercava....

Se le avessero chiesto di fare la definizione precisa dell'uomo che cercava ella non vi sarebbe riuscita.... Voleva un uomo d'animo gentile, di bell'aspetto, carezzevole, cavalleresco, elegante e fedele.... Ah sì! Anzitutto fedele. Aveva sempre dovuto lagnarsi dell'incostanza degli uomini, ed i suoi occhi limpidi, vivi e azzurri come miosotidi e un po' molli di rugiada, avevano sparse tante lagrime per le nequizie dei suoi amatori....

Alcune volte però ne aveva avuti di fedelissimi.... verso i quali era stata lei stessa colpevole di rotta fede. E anche di quella fatalità della sua debole natura aveva ella sofferto e pianto.... perchè ciò le era parso molto triste, molto brutto, anche se inevitabile.... Che enigma il cuore umano!

Era assai ospitale donna Floriana de Predis, riceveva molto, usava molte cortesie alla gente perchè ciò la divertiva e l'occupava; era anche benefica perchè, essendo ricchissima, aveva un lauto superfluo da largire senza il menomo suo disturbo. La sua apparenza e la sua sostanza frivola e fragile, di bamboletta graziosa e piacevole a vedersi, di gingillo di lusso da mettersi sopra un mobile, rendevano miti verso di lei le armi de' suoi nemici.... Di nemici tutti ne hanno, si sa, ma, in fondo, si hanno i nemici che si meritano.... Il caro prossimo andava dicendo che donna Flo era una Messalina. Ma lo diceva sorridendo, con benevola indulgenza, perchè nessuno la prendeva veramente sul serio, e nessuno l'odiava come possono essere odiate le persone delle quali si riconosce e s'invidia il valore.

Ella era una gentile ed innocua bamboletta che faceva venir voglia di batterle dei colpetti sullo stomaco per vedere se faceva, con una vocetta stridula: "papà, mammà".

Dicevano dunque ch'essa era una Messalina, ma non era vero. Quella donnina leggera, ma volubile, elegante, fluttuante come una farfalla, non avrebbe potuto darsi il lusso di sentimenti nè di sensazioni violente. Amava il dolce amore, la tenerezza gioconda e anche un poco sentimentale, le fini carezze: voleva accanto a sè la protezione, la vicinanza, il respiro di una creatura dell'altro sesso per formare con quella il duetto. Sola, essa non si sentiva completa, la sua personalità le sfuggiva, si dileguava conce un soffio, come un sogno.... Per esistere, aveva bisogno d'essere.... in due. Sempre così.

Passavano gli anni ed ella sentiva in sè il timore dell'ora che fugge, la paura della fine dell'età di amare, il desiderio di fermare l'attimo della giovinezza e della gioia. Inalterata era la sete d'amore nel suo cuore giovine e fresco, nel quale un piccolo perfezionamento si era operato: era forse un po' meno volubile, tendeva maggiormente alla fedeltà; ed ella rimpiangeva ora qualche volta, in alcuni momenti di fuggevole malinconia, di non avere un buon marito che la liberasse dalla necessità di cambiare sempre di compagno.... Oramai cominciava ad apprezzare i vantaggi dell'abitudine in tutte le cose e anche nell'amore....

Quanti anni aveva la leggiadra donnina? La gente non lo sapeva precisamente, ingannata da quella tenace apparenza d'infantilità graziosa cui l'arte raffinata dell'abbigliamento e della cosmesi prestava abilissimo ausilio. Essa medesima non se lo confessava più, lo aveva quasi dimenticato.... A forza di volere avere parecchi anni meno del vero, era riuscita a persuadersi d'essere nata assai più tardi del giorno in cui veramente era venuta alla luce....

Ella aveva da alcuni anni un amico al quale si era molto affezionata, e oramai si era illusa che non lo avrebbe mutato più.... Cominciava a credere a ciò anche la gente. "Quanti anni sono che Flo è con Francis?" chiedevano le persone della sua comitiva. "Ma è un secolo! Se morisse de Predis, quei due si sposerebbero certo!" E la consideravano quasi una coppia legittima; e coloro che avevano chiamata Flo, un tempo, una Messalina, cominciavano a provare qualche rimorso....

Ma passato ancora un po' di tempo, Francis si saziò della piccola Flo che lo amava tanto, sentì il desiderio di una legittimità più vera, e più durevole e prese moglie.

La bamboletta di stucco, la figurina di Saxe, il gingillo di lusso.... sofferse come non aveva sofferto mai nella sua vita già lunghetta.... Pianse, pianse, pianse tanto che gli occhi di miosotidi furono arrossati, che la fine miniatura della faccia si sciupò, che i primi segni della decadenza apparvero visibilissimi su quella vivente strofa di tenace primavera che, quasi saltando l'estate, andò ad un tratto incontro alle tristi brume autunnali....

Flo vecchia, brutta e dolente? Oh contraddizione ed orrore! Ella lottò disperatamente con la sua pena, si ribellò al fato, volle vincere, volle risorgere, volle vivere e gioire ancora. "Fugge l'ora...." era come il ritornello che piangeva nel suo piccolo cuore....

E poichè la vita e la gioia erano per lei rappresentate, inesorabilmente, da una cosa sola: dall'amore, ella dispose l'animo ad accogliere un altro amante. L'ultimo?

Ella non lo sapeva, non voleva chiederselo, fasciava di cotone il poco acume della sua intelligenza, apriva tutte le porte alla benefica illusione.... che la salvasse dall'orrore di dubitare di sè. Riaprì le sue sale, si fece presentare nuovi ospiti, si circondò sempre più di sfarzose eleganze, curò la sua personcina con tutti i pietosi lenocini dell'arte e della scienza.

Voleva piacere, piacere ancora a qualcuno che le piacesse. Non era di gusti comuni: non era facile da contentare. No. Era stata avvezzata male, cioè troppo bene.... e voleva continuare ad esercitare il suo diritto di scelta, come aveva sempre fatto, da quando aveva cominciata la sua vita amorosa. Aveva avuto sempre un serrato e nutrito drappello d'uomini eletti (eletti secondo il concetto di lei) ai suoi piedini di Cenerentola.... Si raccontava che il primo dono ch'ella soleva fare al prescelto fosse sempre una sua scarpetta.... Con quei doni riuniti si sarebbero potute fare vere vetrine da esposizione....

Adesso l'assedio intorno alla sua personcina — ella dovette persuadersene con una tristezza che le allagava il cuore — era meno numeroso.... o meglio, non era la quantità ma la qualità degli assedianti che aveva patita qualche decadenza....

Che le importavano le proteste d'amore di quel brutto vecchio vizioso? Forse che la lusingavano i versi a lei dedicati da quel poetucolo anemico che non sapeva nemmeno annodarsi la cravatta? E le dichiarazioni di quel giovinastro provinciale specialista di cocottes? Niente affatto. Voleva amare, amare ancora, essere ancora amata.... ma da un uomo degno di lei.... E la sua buona stella, essa lo credè, glielo fece incontrare....

Una sera ad un cotillon verde, in una casa amica, ella, che aveva il fiuto di una cagnetta di razza per scoprire la selvagginauomo, vide subito un giovane che la colpì col suo aspetto interessante. Era bello, alto, ben vestito, un po' poseur; non ballava e salutava confidenzialmente alcune persone delle più chiuse falangi della società.

Donna Floriana de Predis aveva fatto di se stessa quella sera un piccolo capolavoro. Ricordava alcuni versi di De Musset (un poeta che adesso nessuno cita più!), che un tempo qualcuno le aveva recitato in onor suo:

on eût dit que sa mère
l'avait fait tout petit pour le faire avec soin

e le pareva che ancora perfettamente le convenissero....
I capelli biondi, ancora lucidi, copiosi, acconciati dal più abile coiffeur della città, incorniciavano, scendendo in leggeri ricci fin sopra gli orecchi, la piccola miniatura del suo volto, soffusa di un roseo artificiale che faceva rifiorire la stanchezza del suo autunno. La figurina pareva ancora una Tanagretta, nella lieve tunica bianca allacciata alla vita da una cintura di smeraldi. Un altro grande smeraldo le fermava, a sommo del capo, un altissimo pennacchio verde. E i piedi inverosimilmente piccoli sui tacchi altissimi e le caviglie sottili ed i piccoli ginocchi che si vedevano nel passo, attiravano ancora molti sguardi e molti omaggi sul suo passaggio....
Un amico le chiese il permesso di presentarle un giovane venuto da poco tempo nella loro città.... Ella sentì che doveva essere quello.... e sorrise con tutta la sua sopravvissuta giovinezza, con tutto il suo pugnace desiderio di felicità, a quel bel giovane che si inchinava a lei, sul ritmo monotono barbaresco dell'Irresistibile, che faceva sembrare quella sala di squisita architettura rococò una taverna della Boca di Buenos Aires. E il preludio del duetto cominciò subito, senza titubanze e senza infingimenti....
Ella si sentiva rinascere alla vita, alla sua vera vita, ascoltando la parola carezzevole del suo giovane cavaliere, cullandosi alla musica di quella voce baritona, guardando dal basso all'alto (passeggiava appesa al suo braccio come una pianticella rampicante abbarbicata ad un forte e snello tronco d'albero) quella balda giovinezza accanto alla quale ella ritrovava il suo cuore fresco di vent'anni!
Lo invitò subito a casa sua, lo incoraggiò con fine arte femminile, si armò tutta per quella lotta d'amore che presentiva, senza confessarselo, come la sua gesta estrema: e dalla sua piccola anima e dalla sua carne autunnale fiorirono accenti di passione profonda, palpiti di giovinezza, grida di gioia, lamenti di tenerezza.... come non mai dal suo essere erano ancora fioriti! Un senso di tristezza si univa per la prima volta alla sua gioia d'amore.... e la nobilitava in qualche modo, dandole un'improvvisa coscienza, svegliando in essa l'oscuro senso di tragica desolazione che tutte le morti vicine.... (morti di persone, morti di cose) recano con sè....
Il triste ritornello laggiù nel suo piccolo cuore si lamentava: "l'ora precipita"....

***

Un giorno donna Flo aspettava il suo giovine amante, il quale andava da lei almeno tre volte nelle ventiquattr'ore. Era esigente ella quando amava; aveva bisogno di molte dimostrazioni d'affetto, le cercava, le chiedeva, le imponeva quando non le erano offerte spontaneamente.... e questa volta ella era più sentimentale del solito, aveva maggior sete di tenerezza, era sincera, era anche pudica, pareva una fidanzata più che un'amante, ed apprezzava, più che la violenta gioia, le delicate sfumature dell'amicizia amorosa che riempie ed abbellisce con la sua atmosfera di soavità tutti i minuti della vita....
Raoul (era d'origine francese) andava da lei quel giorno per la seconda volta. Era stato il mattino alle undici un momento a chiedere le sue nuove e a portarle un gran mazzo di viole. Adesso veniva a prendere il tè con lei, e dietro di lui la porta si chiudeva, come al solito, ad ogni altro visitatore.
Ella pregustava la delizia di stringersi sul suo petto, con la testolina all'altezza del suo panciotto, di sentirsi serrare tra quelle forti braccia. Com'era alto e bello il suo Raoul! Era gonfia d'orgoglio al pensiero che fosse suo.... Passeggiava su e giù per le sale del suo magnifico appartamento, seguita

dai suoi due preziosi e mostruosi cani giapponesi: Quinquin e La Marescialla, perchè era nervosa e non le riusciva di star seduta a fingere di leggere o di ricamare....

Il suo salotto preferito era sempre un giardino di fiori rari. Quel giorno il profumo vi era così acuto che avrebbe stordito chi non avesse avuto, come lei, l'abitudine dei più vertiginosi aromi....

Una delle parti del salotto era tutta a cristalli, una specie di terrazzo che si apriva sopra un vecchio parco cittadino meraviglioso. Era una fredda giornata del rigido inverno e il caldo delle sue stanze le permetteva d'essere appena vestita d'una leggera teagown, di molle broccato e di mussolina colore di pallido corallo orlata di skung, aperta da tutte le parti....

Le piaceva guardare la visione che le si stendeva dinanzi e che le dava un immenso diletto, un diletto nuovo, a lei che non sentiva e non capiva il paesaggio.... Il vecchio parco, nella freddissima giornata jemale, era tutto avvolto nella brina. Pareva quasi una nevicata, ma una nevicata trasparente, velata di toni di colore e d'ombre azzurrognole, rosata e fantastica, meno precisa e meno compatta della neve....

Intorno ai rami degli alberi, alle estremità di essi, la brina si cristallizzava in disegni bizzarri, che parevano fiori; tutta una giovine primavera di ghiaccio che di lontano, stringendo un poco gli occhi, pareva il primo dischiudersi della verace primavera; pareva quasi un favoloso, improvviso orto di ciliegi e di mandorli in fiore che salutasse il buon sole marzolino con le sue nubi di pallide corolle esplose, come grida festose, sui rami ancora nudi di fogliame.

Alla bambolina autunnale e innamorata sembrava di vedere quello spettacolo per la prima volta... e il cuore le captava dentro forse la più dolce canzone che avesse mai udito nella sua esistenza....

Entrò Raoul. Egli era sempre, in quel breve primo atto del loro idillio, affettuoso, carezzevole, soave. Era come ella lo voleva, come il suo sogno, come il suo ideale.... Nessun uomo le era mai piaciuto così. Ripeteva tra sè mille volte al giorno: "Come sono fortunata! Dio voglia che così continui sempre". E chiudeva gli occhi del corpo e quelli dell'anima per non accogliere germi di dubbi, di sospetti, di paure che l'avrebbero martoriata....

Raoul le baciò le mani (due piccoli fiori bianchi con dieci foglioline rosse in cima), poi la sollevò da terra come si prende un baby e la portò sul divano pieno di molli cuscini che si affondarono appena un poco ricevendo quel lieve peso.... Ella rideva di felicità e di tenerezza. Egli le si collocò allato, sopra un basso sgabello, e disse: "Aspettiamo un poco, non è vero? prima di ordinare il tè".

Ella acconsentì, naturalmente.

Egli era molto intelligente, trattava lei come una bambina, le parlava in un modo tra faceto e tenero come si parla a chi vi è inferiore.... e pure superiore al tempo stesso. Diceva: "Adesso ho fame solo di Flo. Le mangio le dita, eppoi il suo nasino, eppoi i ricci d'oro, eppoi la piccola bocca....".

Il sapore dolciastro dei cosmetici fini e dei profumi squisiti restava sulle labbra di lui. Ella si deliziava di quel sapore di giovinezza sana, del solletico che le facevano i baffetti di velluto bruno, della mollezza serica di quella densa chioma che dava alle sue mani una sensazione così dolce che le arrivava fino al cuore....

Egli scherzava:

— Ti piacciono i miei capelli.... perchè ti pare di accarezzare Quinquin?

— No! — ella sorrideva.

— Vuoi più bene a me o a Quinquin?

— Stupidone!

— Allora a me o alla Marescialla?

— Mostro!

— A me.... o.... — Egli divenne ad un tratto pallido e triste; ella si abbuiò, non comprese, si spaventò.

— Che hai, amore? Mi parevi troppo allegro, oggi; volevi nascondermi qualche cosa? — Il cuore della bamboletta batteva così forte come se fosse veramente un giocattolo e che il meccanismo si fosse guasto e avesse i suoi movimenti sregolati.

Egli si fece pregare un poco; pareva voler dire e non dire; aveva lasciata cadere la sua maschera di gaiezza di poc'anzi, quella di serenità che aveva sempre e si mostrava a lei per la prima volta col suo vero volto. Un volto triste, strano, tormentato da un pensiero che ne alterava le belle linee, piegandole all'ingiù, in una espressione ambigua che sfuggiva alla comprensione di lei....

La sua paura cominciava a diventare terrore: le illividiva la faccia, le incavava gli occhi, dietro il tocco di bistro artificiale.

— Di', di', parla, per l'amore del cielo! — ella gridò dal mucchio dei suoi veli rosei, mezzo sollevata sui cuscini, al genuflesso che cercava nasconderle la faccia....

Allora egli parlò. Si trovava in un difficile momento della vita.... Era entrato nello studio di un avvocato, ma non guadagnava; suo padre ricusava di continuargli l'assegno; egli aveva speso troppo, aveva dei debiti, era entrato nella società elegante che è costosa, si trovava in un serio imbroglio.... E non volendo umiliarsi innanzi agli amici, specialmente ora che era nota la sua relazione con lei, egli aveva pensato che una sola creatura al mondo aveva non il dovere ma il diritto di soccorrerlo: colei che più di ogni altra creatura egli amava.... — Tu, Flo, tu sola puoi salvarmi! — egli mormorò, nascondendo il volto fra le piccole bianche mani della donna, sulle quali ella sentì cadere alcune lagrime calde....

Una confusa, oscura nuvolaglia di pensieri avversi attraversò la mente di lei.... Un guizzo di verità tentò farsi strada nel buio del suo cervello; un'idea nemica tentò precisarsi, un impeto di ribellione le si sferrò dentro, qualcosa di amaro, di perfido le oscillò nelle vene.... quasi un tossico che minacciasse avvelenarle il sangue.... Ma una parte di sè reagì, lottò, sferzò la verità e la ricacciò nel buio, richiuse la torbida gora del suo sangue nella superficie serena di un piccolo lago.... dal quale emerse la buona faccia della pietosa illusione umana.... Accadesse qualsiasi cosa al mondo, ma non perdere il suo Raoul, il suo ultimo, il suo unico bene! Rinunciare a quella sua estrema ragione di vita? No, per niente al mondo, no!

Il cuore laggiù gridava, si lamentava: — Fugge l'ora, l'ora precipita!... Donna Flo non vide oramai, non sentì altro che una cosa; il suo piacere, l'urgente necessità di rasserenare la creatura dolente ch'ella tanto amava, che aveva avuto ragione di ricorrere a lei come alla sua migliore amica. Egli era povero per la crudeltà del destino.... ed ella era tanto, tanto ricca! Un prestito, un dono, sia pure cospicuo, era un'inezia, un particolare trascurabile per lei.... mentre tutta la sua gioia era di veder sorridere la bella bocca giovine così dolce a baciarsi, di veder sereni i belli occhi amorosi, nello sguardo dei quali era la sola, l'unica, l'ultima ragione della sua felicità!

— Oh Raoul, mio povero piccino, non è che ciò? Di', di' subito, quanto ti occorre?

— Cara, cara, mia dolce Flo! Vediamo.... quanto? — Riflettè un poco, poi disse un'alta cifra....

La piccola donna un po' tremante, ancora un po' sbalordita, firmò uno chèque....

Il destino, maestro di cappella della nostra vita, ora buffo, ora tragico, ora sornione, aveva intonato il leit motiv dei loro futuri duetti d'amore....

LA VIRTÙ CALUNNIATA.

Ma che teatro! Ma che cinematografo! La vita. Essa offre il più inesauribile spettacolo di varietà alla nostra quotidiana libidine di emozioni.

Non parliamo delle vicende grandi, enormi, imprevedute, quasi inverosimili, che esorbitano dal trantran del nostro giudizio impreparato....

Limitiamoci per ora ad osservare le piccole scene, i drammetti individuali, più facili e più rapidi da raccogliersi nel fuoco del nostro obiettivo di amateurs....

Del resto, niente è piccolo quando il dolore, il grande trageda, soffia nei petti degli uomini la sua eterna querela.... Ascoltate questa.

Alcuni anni fa, nel quadro naturale più meravigliosamente sereno che immaginar si possa — St. Moritz — assistei a questo frammento di vita.

Su quello sfondo di paesaggio di sogno, che pare un pezzo di mezzogiorno d'Italia portato all'altezza di milleottocento metri, in quell'aria che è un balsamo, soffiata giù dalle cime nevose e dalle foreste resinose, fra l'elegante folla cosmopolita, varia, bella, bizzarra, allora però deturpata dalla goffa rumorosa prevalenza della villana razza tedesca, apparve, a mezza villeggiatura, un notevole terzetto.

Notevole per la non comune bellezza e per la squisita distinzione della signora, fiancheggiata, come una madonna tra due santi degli antichi trittici, da due immutabili cavalieri. Italiani tutti e tre. Il signore e la signora X; il signor Y, loro amico. La coppia X aveva tre bambini; il signor Y era scapolo. Abitavano all'Hôtel du Lac, a St. Moritz basso, meno affollato e più simpatico dacchè lo snobismo internazionale ha decretato che è più chic di abitare St. Moritz alto.

Giudicai quelle tre persone, per questo solo fatto così apparentemente semplice, caratteri indipendenti e gente di buon gusto. Il lago ha rive ampie, ridenti di praterie e di boschi; vi si può fare del canottaggio; gli alberghi vi sono più distanti l'uno dall'altro. Si ha il prossimo meno sul fiato.... e solo la piccola anima della gente che fa professione di eleganza può preferire l'irto villaggio sassoso solo perchè.... è diventato più caro!

Dunque s'incontrava il terzetto dovunque; ora in mezzo alla folla, ora nei luoghi solitari. Li dicevano gente assai ricca, appartenente se non all'aristocrazia, alle raffinate categorie della società.

Ella aveva una collezione di golfs di sete molli e lucide delle tinte più confacenti alla sua bruna e pallida bellezza. Portava svariati copricapi di velluto e di feltro (la gran moda di allora) dalle linee armoniosamente pittoriche. Di sera era sempre in abbigliamenti squisiti, di provenienza parigina, di quelli che destano l'ammirazione e l'invidia delle altre donne. Era proprio bella? Di giorno era troppo pallida, anzi un po' giallognola, refrattaria ad accogliere i raggi del buon sole alpino, gran maestro colorista. Aveva un personale magnifico, snello e non magro, occhi scurissimi, dalle lunghe frange, di cui non si vedeva quasi la sclerotica, un po' foschi, un po' duri, come quelli delle donne dipinte da Goya. Di sera era bellissima. Si poteva dire di lei un ingiustamente deprecato verso di un libretto verdiano: "raggiante di pallor".

Anche le sue guardie del corpo erano figure notevoli. La folla sfaccendata e maligna aveva subito indovinato in quei tre il purtroppo solito delta da romanzo e da commedia moderna. Qual era l'amante? Quale il marito? Si facevano scommesse. Alcuni ci si divertivano un mondo, invocando perfino la presenza di qualche bookmaker e di un totalizzatore, come per le scommesse sul turf.

I due uomini erano ugualmente alti ed eleganti, di un'eleganza seria e sobria senza affettazione. Per esempio.... non si credevano disonorati portando il cappello in testa, come quegli altri infelici che stavano sotto la pioggia, magari sotto il nevischio gelato, in pesanti cappotti, anche in pelliccia.... col capo scoperto! Uno dei due uomini era d'aspetto più simpatico; bruno, con una breve barba scura. L'altro, un po' più giovane, forse sui trent'anni, era biondo, sbarbato, con magnifici occhi di un azzurro verdastro che pareva riflesso di lago e d'ombra di selve. Erano tutti e due cortesissimi, anzi affettuosissimi con la signora, che li trattava del pari con franca cordialità. Tra i due uomini pareva regnare un'amicizia fraterna.

Quando, raramente, non erano in tre, erano in due. Per esempio, quando facevano qualche importante escursione alpina. Allora la signora non li accompagnava, e li attendeva con una ansietà che si dipingeva sul suo volto espressivo, nella irrequietezza delle sue mosse.

Il marito (si seppe presto) era il bruno. L'amante.... mio Dio! era impossibile dubitarne, era il biondo. Essa confidenzialmente chiamava l'uno e l'altro per nome: Carlo, il marito, Enrico.... l'altro. Non facevano volentieri relazione con altra gente. Parevano contenti del loro eterno terzetto, al quale, di giorno, si univa spesso il piccolo delizioso gruppo dei bimbi e delle nurses. Si sarebbe detta una sola famiglia, patriarcale, di buon umore, esemplare.... se non che.... c'era un uomo di più.

"Sarà un amico fidato, un semplice onesto amico, perchè no?" dicevano i più benevoli. Ma lo dicevano per puro spirito di contraddizione, per omaggio alla morale. Il contegno del signor Y, era per lo meno anormale. C'erano nel nostro albergo, e negli altri, in quella stagione, donnine belle, di piacevole conversazione, di facile conquista. Una o due — lo avevano notato gli sfaccendati — avevano per Y un'inclinazione manifesta. Ma lui restava impassibile. Aveva il contegno dell'uomo non libero, occupato, tetragono agli strali d'amore.... Un tale venne, finalmente, dalla città nativa dei tre discussi.... e allora l'incertezza finì; perchè si seppe che l'unione bizzarra era un fatto notorio, non più messo in dubbio da nessuno.

La signora X, che era stata perfetta per otto anni di matrimonio, era da due l'amante di Y, il migliore amico di suo marito. Il quale marito era di una cecità che rasentava l'assurdo. Intelligente, attivo, rispettabile, perfetto gentiluomo e galantuomo.... sbalordiva la gente, da due anni, con la sua credulità piramidale. Il signor Y, intelligentissimo, un po' originale, con una prima giovinezza avventurosa, era sempre stato un amico ottimo per X.... La signora era una madre modello, pia, caritatevole, poco mondana, elegante sì, ma per nativo buon gusto e perchè ricchissima. Era sbalorditiva l'impudenza e l'arte di attori consumati dei due colpevoli, l'ingenuità balorda del gabbato.... tanto che c'era ancora un piccolo nucleo di ottimisti che si ostinava a difendere l'onestà di quelle relazioni.

Un'aura di semplicità, di rispettabilità li circondava a malgrado di tutto. S'incontravano qualche volta sul sentiero della Meierei, tra il bosco e l'acqua, occupati in qualche discussione che li prendeva tutti, sì che nemmeno si accorgevano d'incontrare altra gente. Ora era il marito, ora l'altro che portava sul braccio la giacca della signora; ora l'uno ora l'altro le raccoglieva fiori e felci. Se prendevano un canotto, remavano a due, a tre, per turno, come tre bravi ragazzi di buon umore. Quando i tre entravano nel bel negozietto di Mrs Cook, delizia delle signore, o nelle pasticcerie eleganti, da Hanselmann o da Haas, ultimo grido della moda, tra la folla che faceva coda per sedersi e per nutrirsi, assordata dalla petulante orchestrina, attiravano molti sguardi, non già perchè offendessero la moralità.... mio Dio, no! lo spirito di solidarietà umana vi si sarebbe opposto.... ma il terzetto aveva veramente in sè qualche cosa che usciva dal comune.

Finito il pasto di tè e di muffins che tutti e tre solitamente ordinavano, ora era l'uno, ora l'altro dei cavalieri che pagava il conto alla florida sommelière, senza che la signora dicesse grazie; qualche volta anch'essa fumava una sigaretta e la chiedeva, semplicemente, a perfetta vicenda, così: "Carlo, una sigaretta", oppure: "Enrico, una sigaretta".

La sua maschera drammatica non si alterava di una linea parlando all'uno o all'altro. I due uomini chiamavano lei per nome così: Mimise; nell'elenco dei forestieri il suo nome era Maria Luisa.

***

Una volta però, in un bosco, ad uno svolto, in un angolo silenzioso e suggestivo, mentre stavo solo, semicoricato sopra un sedile, ipnotizzato dall'occhio turchinoargenteo e tremulo del lago che mi guardava attraverso i rami folti dei larici.... io fui costretto ad assistere ad una rapidissima scena rivelatrice fra i due che scendevano dall'alto e si credevano soli.... Fu un attimo.... due mani che si strinsero, quattro occhi che si sprofondarono gli uni negli altri, due bocche che si sfiorarono, tremando, due facce che si trasfigurarono.... Eppoi i due ripresero la loro maschera impassibile.... Più rapidamente si ricompose lei.... L'uomo rimase sconvolto per alcuni istanti.... Era forse quello dei due che amava di più....

***

Dopo alcuni giorni il signor X e il signor Y partirono, come facevano ogni tanto, per una ascensione al ghiacciaio del Rosegg. Dovevano partire da Pontresina, con una guida e un portatore. Si vide la signora più pallida del solito ed irrequieta, come quando i due uomini sfidavano il pericolo della montagna. Non si separava, allora, dai suoi bambini, li accarezzava di più, li copriva di tenerezze. Fu vista uscire dalla chiesa, benché non fosse domenica. La gente diceva: "Come deve aver perduta la testa, quella sciagurata, per tradire così orribilmente il marito, per rendersi così indegna di quei figliuoletti che pure ama tanto!".

Ed io che ricordavo quel terribile raggio d'amore che aveva folgorata la sua fosca faccia nell'ombra del bosco (mi ero creduto obbligato di mantenere il segreto, da gentiluomo che si rispetti), pensavo che ci sono, purtroppo, nell'essere umano forze nefaste e potenti contro le quali è forse inutile lottare e che è puerile voler biasimare....

Da quarantott'ore i due alpinisti italiani avevano lasciato l'albergo, quando si sparse a St. Moritz la sinistra voce che un grave infortunio era avvenuto alla piccola comitiva. Si diceva che uno dei due escursionisti e uno dei due accompagnatori erano periti, che gli altri due erano stati salvati da un'altra carovana e portati feriti a Pontresina, e che un medico italiano era in cammino per venire ad avvertire la signora all'Hôtel du Lac.

Ci fu subito intorno all'italiana un fermento vivissimo di commozione, di curiosità, d'interessamento....

"Quale dei due sarà il morto? Se è l'amante, chi sa quale tragedia nell'anima di quella donna che non potrà gridare alto il suo dolore! Arriva questo medico? È arrivato?"

Tutto il grande hall era sossopra. La signora non era scesa a colazione. Quando era sola prendeva i pasti nel suo appartamento. Il medico era arrivato. Parlava con l'albergatore, con qualche cliente italiano e pareva assumere informazioni sulla signora, prima di presentarsi a lei.

Io ripensavo l'incontro del bosco.... ed ero, lo confesso, profondamente turbato davanti alla tempesta che stava per scatenarsi (quasi fulmineo castigo del Cielo) nel petto di quella donna signoreggiata, credevo, da una di quelle tremende passioni che riassumono tutto il mondo nella persona dell'essere amato.... Un po' di cavalleria è in fondo al cuore di noi altri uomini, a malgrado delle nostre apparenze di fanfarons d'indifferenza, ed io pensavo che, in una delle ipotesi, era forse necessario difendere la sventurata dal risveglio dell'addormentata coscienza del marito e della sua giusta ira.... Mi avvicinai trepidante al medico, e seppi, infatti, che il morto era il signor Y...

Mi misi ad aggirarmi pei corridoi, discretamente, in prossimità dell'appartamento della signora.... per difenderla, chi sa? da pericoli imaginari, e osai anche interrogare, data l'eccezionalità del caso, la sua cameriera, offrendole il mio aiuto di convenzionale.

Allora seppi, udii, assistei insieme ad altri dell'albergo, alla più strana scena che sia dato imaginar. La signora, pazza di dolore, gridava: "No, non è morto mio marito, è vero? No, non lo dica, non lo dica, dottore! Carlo, Carlo mio! Non è possibile! Non voglio! Dov'è? Voglio vederlo subito, subito! Andiamo.... Una carrozza.... incamminiamoci a piedi.... Voglio vederlo coi miei occhi.... Il mio Carlo, il padre dei miei figli! Piccini miei, il vostro babbo, il vostro babbo....". Cadde un momento quasi svenuta. Poi si riebbe per estremo sforzo di volontà. S'infagottò in un mantello, si lasciò mettere un cappello, ch'ella non guardò nemmeno, dalla cameriera che la confortava: "Non sente, signora? Il signore è solo ferito, nemmeno gravemente.... stasera potrà essere trasportato qui....".

Ella diceva al dottore incamminandosi, scendendo, spettrale, con una faccia che faceva paura tanto era sconvolta: "Non me lo dice per pietà, è vero? Non mente? Pensi cosa sarebbe il mio risveglio.... Andiamo.... Iddio mi aiuti.... Iddio non può permettere una così orribile cosa!". La vidi farsi il segno della croce. Non aveva più civetterie di donna, nè pudori. Aveva l'aria di non vedere nemmeno tutti noi che l'osservavamo, che l'accompagnavamo alla carrozza. Alla cameriera, che le aggiustava dietro le spalle un cuscino, diede un ordine; chi era vicino udì che la mandava in chiesa a far fare delle preghiere. Raccomandò i bambini.... Per l'altro, per colui che era morto, dalla sua bocca non uscì nemmeno una parola.... La carrozza partì velocemente.... Ella diceva: "Presto, presto".

Nel crocchio dei curiosi la riputazione della signora X fu lavata da ogni macchia. Era stata calunniata. Più chiara di così l'evidenza non poteva essere. Questa donna non pensava che a suo marito. In certi momenti il commediante cede il luogo all'essere umano che soffre e non può più simulare.... Dell'altro non aveva chiesto, non si era menomamente occupata.... eppure le reticenze del dottore dovevano averle detto chiaramente che l'uno dei due era morto.

Una grande suggestione di virtù, di reintegrata morale passò nei petti di quel gruppo di umanità oziosa che aveva trovato un improvviso pascolo alla sua fame di brividi.... Io rivedevo con lucida coscienza la scena indimenticabile del bosco, il rapido duetto di mistero e di passione.... e riflettevo, scombussolato. Il pericolo corso dal marito, il dubbio sulla morte, gli avevano ridato all'improvviso il suo diritto ed il suo posto nel cuore della sua donna. In fondo ella non voleva bene che a lui. L'altro era per lei la colpa, lo smarrimento della coscienza, l'oscuramento della ragione, il male. L'attrattiva dell'epidermide dura finchè la tentazione è vicina. La verità, il bene, la famiglia, la vita vera, morale e materiale di quella donna, era suo marito. Finendo lui, tutto un edificio crollava. Sparendo l'altro.... spariva il piacere, lo stato d'animo febbrile, repugnante forse alla coscienza, il rimorso, l'attrattiva irresistibile sì, ma certo nell'intimo deprecata.... Non le lasciava dunque rimpianto? Forse.... ma la solidità, la santità dell'affetto coniugale, il timore orrendo di aver perduto il capo della sua casa, il padre dei suoi figli, il suo sostegno legittimo, annientò all'improvviso in quella oscura coscienza di donna l'amore e la pietà per quell'altro.... Eppure per l'amore di colui ella aveva dimenticato tutto quello che ora signoreggiava l'anima sua.... Aveva ingannato il marito, mancato di rispetto ai figli, offesa la sua religione, sfidata l'opinione del mondo, aveva mentito, mentito, mentito.... Ma adesso si era liberata dalla menzogna e diceva, o meglio, viveva la verità.... Spietata anche adesso, egoista, illogica, quasi disumana.... eppure interessante, appassionante come un cuore denudato all'improvviso de' suoi ultimi veli, sotto il nostro occhio di cercatori spasmodici di umane verità....

Nel coro degli assertori della virtù della signora X — secondato dal mio silenzio — ci fu un dissidente: un vecchio viveur, putrido di scetticismo incurabile. Egli mormorò, ingoiando il fumo della sua inseparabile sigaretta: —A meno che quella grande attrice non abbia rappresentato oggi il quinto atto della sua tragicommedia domestica....

Io avevo voglia di dirgli: —Andate al diavolo!

Invece gli dissi: — Mio povero barone, ricordatevi che la soverchia furberia serve spesso a mostrarci il mondo peggiore di quello che veramente esso è!

UN DOLORE INCONFESSABILE.

Regina Polo, come la maggior parte delle donne, non aveva nella sua vita mai pensato: aveva solo sentito. Sentito l'affetto per la sua austera famiglia paterna, il rispetto per tutte le leggi e per tutte le tradizioni, la vanità innocua per la sua giovanile bellezza. Eppoi aveva sentito amore e devozione senza limiti per il giovane eletto che l'aveva scelta e sposata; e finalmente l'amore materno pei suoi due bambini, e l'amore della casa, del dovere, dell'ordine, della sua buona riputazione di donna. Aveva il desiderio istintivo delle anime semplici, mediocri o dormienti, d'essere felice nella famiglia, nella pace, nell'onesta monotonia del benessere morale e materiale.

Il marito, Corrado Polo, figlio di un ingegnere italiano e di una svedese, era di corpo e d'anima più un nordico che un latino. L'eredità materna aveva foggiata la sua natura mettendovi la sua impronta settentrionale. Era chiaro di capelli, d'occhi, di pelle; ma i capelli duri, gli occhi d'acciaio, la carnagione luminosa e sana erano l'espressione esteriore dell'interno vigore. Il corpo era energico, alto; aspre le maniere, ferrigna la volontà. Era laureato in matematica e agiatissimo. Non aveva molto ingegno ma una grande ambizione e un'attività che aveva bisogno di sfogo. Voleva essere qualcuno; e davanti alle decisioni del suo egoismo tutto cedeva. Amò molto sua moglie nei primi anni della loro unione e la tenne avvinta a sè con le catene di una schiavitù amorosa della quale ella non si accorgeva. Lo serviva in letizia come fanno le donne innamorate, dalla coscienza assopita, e avrebbe voluto durare così per tutta la vita, senza chiedere a Dio niente di più. Ogni atto, piccolo o grande, della sua esistenza quotidiana si uniformava al buon piacere di suo marito.

"Corrado vuole" erano le parolevangelo della sua vita. Credeva in lui come nella più perfetta espressione della razza uomo, ed era felice e superba d'averlo per marito e per padrone.

Passati alcuni anni, a Corrado Polo la vita amorosa non bastò più. Voleva altro. Aveva molto viaggiato da scapolo e sentiva l'attrazione possente, la febbre delle avventure, il bisogno quasi fisico di espandersi, di vedere nuovi paesi, di attirare l'attenzione della gente sopra di sè.... Aveva sempre conservate relazioni coi parenti materni, in quella Svezia che gli era patria naturale forse più che l'Italia. Vi andò una volta e poi vi ritornò e combinò una spedizione, insieme ad un cugino capitano marittimo, per fare degli studi in terre sconosciute della Groelandia. Ed annunziò alla moglie la sua partenza quando tutto era stabilito.

Regina fu quasi annientata dal colpo improvviso. Il perno, l'asse della sua esistenza, si spostava.... il suo orizzonte si oscurava, s'ingombrava di ostacoli, la dolce pigrizia della sua anima si scuoteva bruscamente, mandava lamenti di timore e di dolore....

— Come farò, come farò, sola al mondo con due bambini, lontana da lui?

Questo era il primo grido del suo egoismo e della sua infingardaggine morale. Ai pericoli ai quali il marito andava incontro, pensava meno per la grande fiducia che aveva in lui. Eppoi l'abbagliavano le lodi dei giornali che annunziavano quel viaggio con parole liriche d'ammirazione. Ma la sua desolazione ch'egli andasse così lontano era grande e sincera, e al momento di separarsi dal suo Corrado furono tali e così veraci le manifestazioni del suo dolore che quasi ne rimase un po' scossa perfino la rude volontà del partente.

Allora cominciò per Regina Polo una novella vita.... cioè cominciò la sua vita, poichè prima di quel giorno ella aveva esistito ma non vissuto, aveva respirato come un'automa mossa dalla volontà altrui. Da prima la sua anima addormentata, guaiva, indolenzita, come un pigro cagnolo che sia costretto a fare esercizi che lo affaticano.... e ancora dai frequenti messaggi maritali, dalle regole precise ch'egli aveva lasciate partendo, ella traeva ammaestramento ed ausilio. Eppoi, a poco a poco dovette cominciare a prendere delle piccole decisioni, ad esercitare la sua propria volontà, a far prevalere il suo proprio diritto di scelta in questa o quella cosa.

Quella nuova fatica che entrava nella sua vita a poco a poco cessò di spiacerle, anzi le sollevò l'anima, l'aiutò a vivere, senza che ella se ne avvedesse....

La corrispondenza con suo marito la consolava. Egli scriveva ogni settimana: ella tutti i giorni in principio, eppoi tre volte la settimana, eppoi due volte.... Gli raccontava tutto, ricorreva a lui come alla suprema Corte di cassazione d'ogni sentenza ch'ella avesse pronunciata.

"Torna, torna, amor mio! Com'era dolce obbedire, com'era dolce non aver volontà!", era la chiusa di quasi tutte le lettere di lei, era il grido femminile che usciva dalla sua ancor torpida anima e raggiungeva colui che navigava, con la sua prora armata del suo indomito volere....

Il viaggio doveva, presumibilmente, durare un anno. Ma l'anno era passato.... e quando i messaggi, ora assai rari, dovevano cominciare a preanunziare il ritorno, cessarono ad un tratto.

Regina ne fu atterrita.... e la sua angoscia uscì dalle pareti domestiche e si comunicò al pubblico, che aveva seguìto il viaggio dell'esploratore italiano con interessamento e con orgoglio. Compiere opere belle e buone entro i confini della patria è assai meno apprezzato che compierle in terre lontane; così che per la sorte di Corrado Polo palpitava si può dire l'anima della nazione.

E poco di poi tutta la nazione fu commossa e addolorata da una ferale notizia: la spedizione di Corrado Polo e dello svedese capitano Ejnar Mikelsen era perita! Il freddo aveva uccisi i due forti e coraggiosi esploratori ed i loro quattro compagni, perchè non solo non se ne avevano più notizie da mesi, ma una baleniera inviata dal Governo svedese in loro soccorso era tornata con l'assicurazione della morte (avvenuta probabilmente fino dall'inverno) di tutti e sei i viaggiatori. In Italia fu un vero lutto. In casa Polo fu la disperazione. Regina sembrava dover impazzire.

I genitori di lei, ancora giovani, che abitavano in un'altra città, che avevano altri figli, dovettero andare a curarla.... Accorsero parenti lontani, amici vicini.... Ella era anche diventata di moda, perchè l'improvvisa celebrità del marito illuminava anche il dolore della moglie, che diventava un dolore illustre, quindi più rispettabile....

Essa era ricca, non aveva bisogno materiale di nessuno, ed era anche quella una buona ragione perchè ognuno le offrisse aiuto....

Le sofferenze dell'anima danneggiarono la sua salute; si ammalò, stette in pericolo di morte; e poi a poco a poco risanò. Aveva desiderato di morire, quasi sorda ai doveri della maternità.... Il suo rimpianto dell'adorato uomo perduto l'aveva presa tutta: ella fu per qualche tempo soltanto una donna, una schiava d'amore, che piangeva il suo unico bene! Essa amò suo marito morto con più forza, con maggior intensità, con più assoluta dedizione di quanto lo avesse adorato vivo. Scordò i suoi difetti, le piccole contrarietà, i piccoli urti della vita comune. Vide di lui solo il bene. Morto, egli assurse al cielo della perfezione morale. La sua sventurata eroica morte, in un ardimento generoso, utile alla scienza e alla patria, fu glorificata dal mondo civile e divinizzata addirittura nella sua casa.

Ella si sentì la vedova di un eroe. Una vedova inconsolabile....

Ma guarito il suo corpo giovane, la sua anima a poco a poco si acquetò in un più mite dolore.

Fu sconsolata sì, ma calma.... E ricominciò a vivere, elevando nel suo cuore, in quello dei suoi figliuoletti, nella sua casa, un altare alla memoria di lui.

Il suo pigro spirito si svegliava, diventava attivo, per lui. Ne raccolse le memorie, gli elevò un monumento, fondò istituzioni di beneficenza "Corrado Polo", prese ad occuparsi alacremente dell'educazione de' suoi figli, un po' trascurata fino allora, perchè voleva che fossero degni del padre.

E cominciò a coltivare il suo proprio spirito, perchè voleva essere degna d'essere stata sua moglie.

Era sui trent'anni, e la sua gracilità leggiadra si espandeva in una fioritura nuova, uscente dal battesimo del dolore, e diveniva più vigorosa e più espressiva.

I suoi grandi occhi scuri non avevano mai guardato nelle cose con luce più splendida e più conscia. Prima essa non era che una bambola; ora soltanto diveniva veramente una donna. La sua coscienza si svegliava e si meravigliava in faccia agli alti problemi della vita. L'esercizio della volontà cominciava a piacerle, a parerle una cosa bella, una cosa degna, la sola espressione di umanità meritevoli di questo nome.

— Penso, sono, voglio.... — Formulava in sè, per la prima volta nella vita, queste parole, queste idee superbe, e ne provava brividi di piacere, sensazioni di libertà, di polmoni che si allargano.... visioni di orizzonti infiniti che le davano vertigini di voluttà spirituale.

Nella sua bella casa, tra i comodi dell'agiatezza, ora non solo il benessere materiale era palese, ma vi aleggiava adesso la personalità fremente di una giovinezza spirituale: quella casa non era più soltanto un gineceo ed una nursery; era il nido di un'anima che si svegliava assetata di vera vita....

Il santo di quel nido era il morto adorato, naturalmente. Ogni stanza aveva un suo ritratto e ogni ritratto aveva fiori freschi e odorosi, ogni giorno rinnovati. Ella, i bimbi, compivano religiosamente il pio officio di ornare quegli altari.

Essa non volle più isolarsi, ma ritornò fra la gente per tener vivo il ricordo ed il culto di lui.... nel mondo che così presto dimentica. Dopo poco più di un anno dalla morte del suo diletto una scuola di studi geografici dovuta a lei era già aperta: la "scuola Corrado Polo". Ella se ne occupava personalmente, sotto la direzione di tecnici, e trovava anche il tempo per darsi ad altre opere di beneficenza, ognuna delle quali le pareva un omaggio reso al suo morto amore.

Aveva fatto rilegare in volumi di marocchino le lettere di lui, aveva trasformato ogni oggetto che gli avesse appartenuto in una reliquia. Sentiva che nessun altro uomo (il solo pensiero la rivoltava!) sarebbe mai entrato nella sua vita.... Ella sola, per sempre, sarebbe stata una vedova ed una madre....

— S'egli vedesse, povero amore, il posto che ha lasciato qui, certo ne sarebbe soddisfatto! ella pensava. E fantasticava qualche volta ch'egli ritornasse dal cielo (ove certo Dio l'aveva accolto nella sua gloria) e che il dolore di averlo perduto fosse stato solo un orribile sogno....

Ah se un miracolo fosse veramente avvenuto e che la vita fosse tornata per lei quella di due anni innanzi, quando egli non era ancora partito!

Una notte sognò che la sua sventura non era vera.... e svegliandosi provò una sensazione strana, una specie di malessere, un turbamento ch'ella non seppe spiegare.... Ma molto occupata com'era non ebbe tempo di analizzare se stessa.... Passò un altro anno. Adesso la sua intelligenza si era aperta e sviluppata prodigiosamente. Aveva ripreso a suonare il pianoforte (suo marito non amava la musica), conosceva buoni musicisti, si facevano in casa sua concerti intimi, che le nutrivano l'anima di impressioni nuove e meravigliose....

Leggeva, leggeva.... Quante belle cose imparava! Come mai un tempo non era amica dei libri? Non riusciva a comprenderlo nè a perdonarselo....

***

— Rino! — chiamò ella. Accorse il bel garzoncello di nove anni, vivace, deferente verso la sua giovane mamma come un piccolo cavaliere.

— Dino, anche tu! — e accorse anche il secondo, di sette anni, biondo quanto l'altro era bruno, grazioso, sorridente, affettuoso come un gattino, e andò ad accovacciarsi ai piedi di lei.

— Sentite — ella disse accarezzandoli sulle testoline adorate — se i vostri esami vanno bene, quest'anno faremo un bel viaggio!

— Sì, sì! Allora studio di più! — disse Rino.

— No, non per questo. Tu devi studiare lo stesso. Studiare è un dovere non solo, ma è anche per ogni uomo un diritto e un piacere. Non come premio, dunque, il viaggio: come un riposo. Intendete?

I bambini non capirono, ma dissero di sì.

— Dunque noi faremo un bel viaggio. E ne faremo uno ogni anno. Sapete da quale si comincia?

Si divertiva come una giovinetta a fare quei disegni, a preparare gl'itinerari, a scegliere i luoghi più belli del mondo per offrirli alla sua curiosità e a quella dei suoi figliuoli.

Una volta Rino, dopo la visita di una elegante amica di Regina, disse alla madre:

— Mammina, perchè porti sempre codesti noiosi vestiti neri?

Ella rispose subito:

— Hai ragione, amore. Li cambierò.

Era stata lieta dell'osservazione del bimbo e come sollevata da un peso.... Era stufa anch'essa di quelle eterne gramaglie, che nulla aggiungono al vero dolore, ma non osava smetterle.

Ora l'osservazione del suo primogenito giustificava la decisione. — Non bisogna rattristare l'infanzia con apparenze di tristezza — ella pensò. E pochi giorni appresso lasciò le vesti nere che indossava da due anni e ne indossò di grigie, di lilla, di bianche, che assai si addicevano alla sua figurina bruna dalla linea pieghevole e squisita.

Era ridiventata così bella, così giovane, così raffinata nelle sue muliebri eleganze, che le amiche cominciarono a trovarle dei difetti, a sparlare di lei.

Senza civetteria, perchè senza aspirazioni alla galanteria, ella aveva con gli uomini intelligenti che frequentava maniere semplici, amichevoli, di buona camerata, ed era stato bene accolto dal suo circolo intellettuale il rivelarsi insospettato della sua interessante personalità. Ella si rendeva ormai conto, dopo tre anni, dell'evoluzione compiutasi nel suo essere e a qualcuno che una volta le espresse meraviglia per quella rivelazione, ella rispose scherzevole: — Che volete? Io sono nata adesso. Prima, quando ero felice, ero una moglie, un'amante, una creatura parassita di un'altra. Adesso sono io. — E sospirò. Ma chi l'udì non ebbe l'impressione ch'ella sospirasse di tristezza. Si occupava alacremente, col suo uomo di affari, del suo patrimonio. Aveva una bella fortuna. Anche il patrimonio Polo era forte. Suo marito, poveretto, spendeva molto per sè e non si occupava della sua azienda agricola.

Ella se ne occupava molto e il patrimonio prosperava; non spendevano tutta la rendita e un giorno i suoi figli sarebbero assai ricchi....

— Sapete, piccoli? Prenderemo presto una bella automobile — disse un giorno ai bambini, i quali ne furono felici.

Un altro giorno diede loro la notizia che avrebbe acquistata una villa.

— Non andremo più in case d'affitto. Avremo una bella casa di campagna, nostra. Villa Corrado Polo. Vi piace? Pianteremo tanti fiori, tanti alberi, daremo delle festicciuole in giardino.... lavoreremo la terra noi tre. Che gioia, eh?

Le risate dei suoi bambini, ch'erano i suoi piccoli amici, trovavano l'eco delle sue....

Si divertiva puerilmente a togliersi tutti i capricci, perchè ora si dava il lusso di avere dei capricci.... Voleva sempre qualche cosa di nuovo.... Volere.... comandare! Che gioia, che ebbrezza! Non si ricordava nemmeno più, non era più in essa la sensazione d'essere stata una schiava, di aver obbedito.... senza sforzo, con facilità.... L'abitudine della libertà, alla quale si era assuefatta rapidamente, aveva cancellata l'antica abitudine. Lo stato suo attuale era, in verità, così eticamente superiore all'altro.... che ella aveva ancora la mimica del grande dolore sofferto, ma il dolore, senza che essa se ne rendesse conto, non esisteva più. Pure ella amava, rispettava quel dolore, dal quale era sbocciata la sua nuova esistenza, e le sarebbe parso bestemmia, eresia.... il non considerarsi più inconsolabile....

Quando parlava del passato diceva sempre: — Quando ero felice. — Quando scriveva ai genitori, agli intimi, si firmava: — La tua povera Regina. — Se parlava del suo Corrado, gli occhi le si riempivano di lagrime; accompagnava sempre di sospiri e di pause tragiche i discorsi che lo concernevano. E nessuna giornata passava senza che le sue mani gentili non avessero compiuto il gesto devoto d'infiorare le imagini nel suo morto amore. Le pareva di vivere del ricordo di lui, solo di lui, nel passato, nel presente, nell'avvenire.

***

Un giorno fu chiamata al telefono da un insistente tintinno.

Un amico intimo, un po' parente di suo marito, ch'ella chiamava "lo zio", un uomo intelligente che l'aveva aiutata nelle sue benefiche opere, domandava se ella era in casa e se poteva riceverlo subito. Regina fu stupita, ma non spaventata. Cosa poteva essere? Una disgrazia, no. Quale? Il mattino aveva ricevuto buone nuove dai suoi genitori; altri parenti che le premessero non aveva.... Era una bella giornata della giovane primavera. La gioia della terra che si risveglia cantava dovunque una sommessa albata piena di fremiti e di trilli....

I bimbi, nella veranda, giocavano con un piccolo aeroplano fabbricato da loro.... Il salotto si apriva sulla veranda e il sole entrava in un lungo raggio d'oro, tutta una ridda di atomi luminosi, un mondo infinitesimale e possente....

La stanza era piena di viole, di giaggioli, di giacinti, di orchidee gialline che parevano pantofolette di minuscole fate.

Ella sedeva accanto al balcone, con un libro sulle ginocchia.

Non leggeva, non pensava, non sognava. Il suo essere si riposava nella sensazione del benessere.... Tutto le piaceva. Il suo corpo godeva di un pieno equilibrio che si rifletteva nelle sue funzioni psichiche. Ella non lo sapeva, ma era perfettamente felice, come chi ha molto sofferto e si è consolato, come chi non ha mai vissuto interiormente e vive, come chi custodisce il proprio passato dolore quale un ricordo sacro e lontano che aumenta e nobilita il nucleo delle proprie facoltà, essendo già stato trasformato in materia vitale dal tempo e dalla volontà di vivere....

Le fu annunziata la visita dell'amico, che seguì subito il domestico nel chiaro salotto riscaldato dal sole di primavera.

Il buon vecchio "zio", grasso e pacifico, era così trafelato, aveva una faccia.... così d'occasione, ch'ella si levò, lo interrogò: — Che c'è, caro amico? — Egli l'abbracciò invece di stringerle la mano, e quasi non poteva parlare. Finalmente, superata la commozione, disse: — Regina.... dunque non sai ancora? Non hai letto il giornale?

— Il giornale? Cosa?

— Guarda, Regina, promettimi d'essere calma.... e anche cauta nel prestar fede alla notizia, alla notizia veramente straordinaria e sbalorditiva.

— Ma cosa? Ma dica, zio!

— Adagio Regina.... lascia parlare.... potrebbe anche trattarsi di un errore.... insomma, hai il giornale? Si volsero, cercarono insieme sulla scrivania, si contesero il giornale ch'ella non aveva ancora aperto, quel mattino.... Egli cercò, trovò, le fece leggere: una corrispondenza da Stoccolma che diceva così: "Una notizia sensazionale si è diffusa stamane portata dalla nave Fram, giunta nel nostro porto. Pare che si abbiano nuove della spedizione italosvedese che fu per tre anni ritenuta perduta nei ghiacchi della Groenlandia. Corrado Polo, Ejnar Mikelsen ed i loro compagni sarebbero vivi e sani a bordo di una baleniera svedese dopo un'eroica resistenza di tre anni contro gli ostacoli naturali e morali. Essi porterebbero al mondo civile doviziosa copia di osservazioni scientifiche, insieme all'esempio meraviglioso della loro perseveranza. Da un momento all'altro si attende la conferma o la smentita della importante notizia....".

Regina impallidì, la fronte le s'imperlò di sudore freddo, scivolò tra le braccia del vecchio amico, svenuta.

— Povero me, povero me! — esclamava il dabben uomo. — Se poi non fosse vero! La felicità fa paura.... può anche uccidere.... uccidere peggio che il dolore....

Fece chiamare il medico. Regina fu messa a letto, curata, assistita....

Per tutto il giorno fu un via vai di amici e di conoscenti alla porta della signora Polo, che, per ordine del medico, non riceveva nessuno. Ella diceva al medico, alla fida cameriera, al vecchio "zio" che non l'abbandonava: — Ma no, sto bene, non abbiate paura.... Lasciatemi dormire, lasciatemi tener gli occhi chiusi.... Ho bisogno di star sola, di non saper nulla.

Teneva la faccia tra il guanciale e le lenzuola, tutta nascosta fino alla fronte, come per sottrarsi alla luce.

Nella chiara camera d'apparenza virginale ch'ella aveva fatta per la sua solitudine, nel piccolo letto basso, sotto la gran coltre di seta color di rosa, si vedeva un corpo sottile appena linearsi e sul guanciale effusa una densa chioma nera. Non si udiva nemmeno il suo respiro. Il medico, lo "zio", i famigliari pensavano: — Là dentro sta nascosta una felicità che non crede ancora a se stessa, che ha paura di svegliarsi.... Dio voglia che la notizia non sia smentita!

E se ne andavano in punta di piedi, rispettosi, pieni di speranza e di timore.

La notizia non fu smentita. Sotto il patrocinio della Società geografica e del Governo svedese aveva già toccato il suolo europeo la spedizione PoloMikelsen.

Gli illustri esploratori, partiti quattr'anni innanzi, erano rimasti circa tre anni senza poter mandare notizie, sicchè erano stati considerati perduti. Finchè una nave avendo potuto toccare la costa orientale della grande isola artica, era andata in soccorso del coraggioso manipolo d'uomini, che aveva sfidato pericoli e stenti inauditi durante i tre terribili inverni passati in quelle terre inospitali e lo aveva condotto in salvo.

Corrado Polo, si diceva, non accetterebbe festeggiamenti in Isvezia, ma proseguirebbe per l'Italia per raggiungere la sua famiglia, e a Roma terrebbe poi una conferenza per rendere conto delle importanti osservazioni scientifiche compiute, come delle avventure corse, illustrando il suo dire con numerose proiezioni.

Le notizie dei giornali furono confermate da un telegramma e da lettere di Corrado Polo a sua moglie. Era un avvenimento pubblico, mondiale; era la gloria, era l'inverosimile fatto realtà; il sogno vissuto.... la fiaba in azione....

Regina era in uno stato sonnambolico che la pareggiava ad un fantasma. Credeva? Non credeva? La gioia le aveva fatto male all'anima così come avviene talvolta che la troppa luce offenda gli occhi? Il colpo era stato così forte che l'aveva sbattuta come una sventura. Era tornata in pochi giorni, nell'aspetto, come al tempo in cui l'aveva atterrata il dolore.

Il vecchio "zio" non si dava pace. Si rimproverava di averle comunicata la lieta novella troppo rapidamente. Non l'aveva creduta così sensibile alla gioia e concludeva filosoficamente che la felicità è più difficile a sopportarsi del dolore, essendo più rara....

Il medico le dava tonici e calmanti.... che non apportavano alcun miglioramento al suo stato d'animo. Ella era malata, coscientemente, di un male singolare, di un male morale ch'ella nascondeva a tutti gelosamente.... e magari avesse potuto celarlo a se stessa! L'impossibilità d'essere felice della resurrezione di suo marito!

Quello ch'era stato per lei un dolore quasi mortale, la scomparsa di lui, era divenuto a poco a poco una consuetudine dolorosa, eppoi triste, eppoi quasi dolce, per la forza dell'abitudine e della rassegnazione all'inevitabile! Era cominciata, dopo la sventura, la sua vera vita, e il suo essere aveva già accettato il fatto compiuto e aveva proseguito nel suo fatale cammino.... dal quale sentiva di non poter tornare indietro. Il passato era per lei oramai solo il passato, cioè un periodo sepolto, chiuso e finito, il cui ritorno le pareva contro natura, mostruoso, orribile. Il marito era per lei un morto, un fantasma.... un fantasma che veniva a spaventare la sua pace, a turbare la sua felicità presente.... Ciò che fu, non deve, non può ritornare mai più, secondo le leggi della natura e secondo quelle della logica....

Ella si chiedeva con ansietà angosciosa se anche altre creature poste nel suo stesso caso avrebbero provato lo strano, terribile, inconfessabile sentimento ch'ella ora provava....

E si domandava, nella sua intelligenza lucida e libera, con la quale viveva ormai faccia a faccia, in un colloquio segreto che la torturava: "Sono io un mostro, o obbedisco a una fatale legge miseramente e inesorabilmente umana?".

S'interrogava severamente, si rispondeva sinceramente come davanti all'implacabile tribunale della sua propria coscienza: "Amavo io veramente mio marito? Lo amavo profondamente, unicamente. Fu sincero, fu grande il mio dolore di averlo perduto? Fu immenso, fu struggente il mio dolore e mi parve inconsolabile. Era vivo, era sacro nel mio cuore il ricordo, il culto di lui, da tre anni, fino al giorno in cui seppi? Ero convinta di vivere del suo ricordo, nel culto della sua memoria adorata, e mi pareva che il mio stato d'animo pacifico fosse come la benefica convalescenza spirituale dopo l'uragano.... Il passato mi pareva, la felicità.... il presente la quiete dopo la tempesta.... Allora? Perchè non sono io felice della sua risurrezione?". — E non sapeva rispondersi.

Ella non si era reso conto della prodigiosa facoltà di adattamento alla vita che possiede la giovinezza e della possente volontà di gioia ch'è nelle creature umane.... ed aveva ignorato che il tiranno presente cancella, rade al suolo, giorno per giorno, gli edifici del passato.... e che ciò che ci piacque un giorno e svanì dalla nostra vita non può forse riafferrarci mai più.... Il passato è memoria, ma non è vita.... Risorgere, per ogni creatura umana, anche per la più amata, sarebbe (se ne avesse il potere) imprudenza, follia.... Non ci sono, nella natura, soluzioni di continuità.... o si spostano i valori, le provvide leggi che ci sembrano stolte e sono invece savie, come ogni decreto che governa la divina economia delle cose....

***

Regina Polo accolse il suo glorioso marito risorto, ricominciò accanto a lui l'antica vita, avendo nell'anima la zanna di un dolore che si vergognava di sè, di un dolore che non poteva essere confessato.... e che era creduto da tutti un eccesso di gioia, della gioia vertiginosa che fa paura.... Ognuno la complimentava o l'invidiava per la sua prodigiosa fortuna.... Ella gemeva nel suo povero cuore: — "Beati coloro che piangono di un pianto.... che può essere consolato.... Beato chi non racchiude nel proprio mistero una di quella terribili verità umane.... che non si possono confessare e che pure non sono colpe.... perchè non dipendono dalla nostra propria volontà!".

QUINTETTO.

Le bonheur est notre devoir
et notre patrimoine.
P. CLAUDEL.

Da principio era stato un terzetto inseparabile. Tre compagni d'infanzia, di scuola, di giovinezza. Paolo Mori, Gigi Balzani, Armando Ferni, detto Scucci. Cosa voleva dire Scucci? Nulla. Era un soprannome datogli dai due amici (da quale dei due?) quando erano ancora bambini.

Nel terzetto si era subito determinata questa distribuzione di parti: Paolo e Gigi erano due uguali, che si contendevano il primato e che avevano alternativamente preponderanza l'uno sull'altro: Armando era perpetuamente il subordinato di tutti e due. Egli stesso aveva docilmente e serenamente accettato questo stato di cose e la sua sottomissione non gli pesava. Era uno schiavo senza ribellioni e senza rancore. La sua indole mite, femminea, di una timidezza profonda e selvatica, si contentava di quella passività che gli toglieva ogni responsabilità ed ogni obbligo d'iniziativa nei vari gesti della vita. E si sentiva contento così.

Era nato in posizione assai più modesta di quella degli amici suoi, e non per vigliaccheria ragionatrice, ma per pigra accettazione del "fatto compiuto" egli giudicava, se non giusto, almeno naturale, che Paolo e Gigi prevalessero su di lui. Non erano aquile nemmeno i due suoi compagni, ma egli li sentiva d'intelligenza superiore a sè, e anche fisicamente era costretto ad ammettere che non poteva gareggiare con loro.

Inferiore ad essi, dunque, per volere della natura e del destino, egli ne accettava l'amicizia e la protezione e si trovava soddisfatto della loro compagnia un po' tirannica ma, in fondo, benevola ed utile. Perchè egli viveva veramente nell'atmosfera piacevole delle famiglie agiate di Paolo e di Luigi, raccogliendone continuamente favori e beneficî. Non già elemosine, s'intende, chè non si umilia il compagno della vita quotidiana trattandolo da pezzente: ma Scucci godeva di quei beneficî tra materiali e spirituali, che non offendono apertamente la dignità e che rendono più aggradevole la vita di chi non ha l'incomodo di un eccessivo orgoglio.

E Scucci era diventato necessario a Paolo e a Luigi e le loro famiglie avevano sanzionato quella triplice amicizia nella cui fedeltà era pur qualcosa di semplice e di bello. Studiavano insieme, passeggiavano insieme, andavano la domenica e nelle grandi occasioni, a qualche divertimento insieme: Armando Ferni sempre come invitato, s'intende.

Se i genitori chiedevano a Paolo: "Cosa vuoi, Paolino, per la tua festa?", questi certo rispondeva: "Voglio andare al Circo in compagnia di Gigi e di Scucci". Se si chiedeva a Gigi: "Cosa vuoi che ti porti la Befana? quasi sicuramente egli rispondeva: "Voglio andare ai burattini con Paolino e con Scucci". Sempre così.

Cosa faceva Armando per ricambiare tante cortesie? Dava la sua compagnia sempre di buon umore, il suo carattere senza angoli, malleabile e conciliante, la sua buona volontà di rendersi gradito senza viltà e senza apparente vanità. La sua timidezza femminile (il paragone si riferisce alla femminilità d'altri tempi, ed è una "frase fatta") gl'impediva d'essere vano. Egli amava scomparire, non emergere, nascondersi, ripararsi dietro le spalle altrui, vivere all'ombra comoda di qualche altra persona. La sua propria personalità, se un momento doveva venire a galla, lo confondeva, lo faceva arrossire, lo incomodava smodatamente. Egli non si sentiva fatto per il "primo piano" pittorico della vita.... ma per la quieta dolcezza della penombra, per lo sfondo anonimo del quadro.

Théophile Gautier avrebbe detto ch'egli era ed amava essere il "paesaggio" sul quale spiccavano le figure dei due suoi inseparabili amici.

Passavano gli anni e quella stretta unione continuava. Si amavano quei tre veramente? Si convenivano. Erano tre moderati egoismi che s'integravano e che componevano un tutto relativamente armonico, come un mediocre terzetto di strumenti atti ad eseguire musica dozzinale per la soddisfazione del volgo.

***

Oramai erano laureati tutti e tre e le loro carriere iniziate. Paolo Mori faceva l'avvocato, per modo di dire, perchè era ricco e avrebbe potuto vivere senza far nulla. Non aveva disposizione spiccata per nessuna cosa e per questo aveva deciso che un giorno si farebbe eleggere deputato.... del partito che allora sarebbe stato più "di moda".... qualche "ismo" ben scelto e ben propugnato a chiacchiere ed a cazzotti. Era un gaudente nato, uno di quegli esseri che prendono sul serio il diritto umano alla gioia. Alto, grosso, roseo, fresco, sbarbato, mangiatore formidabile, smargiasso d'amore, si vestiva con ricercatezza, frequentava i luoghi eleganti ed aveva come ideale di felicità il possesso di un'automobile. Aveva sulla faccia e nel carattere qualche cosa d'infantile, qualche facoltà e qualche lineamento non del tutto sviluppato: sì che pareva un lattante, roseo e istintivo, visto con una lente d'ingrandimento.

Prediligeva sempre il suo Scucci (il nomignolo persisteva) ed era sempre un po' geloso di Gigi, che se ne prendeva una metà, come un tempo.

Gigi Balzani, laureato in ingegneria, era stato un savio, un portento di austerità di costumi, fino all'uscita del Politecnico; e si era dato all'improvviso, insieme all'esercizio della professione, alla vita allegra.

Piccolo, tarchiato, non bello ma piacente, con un ingegno acuto e paradossale, aveva gusti volgari, aspirazioni amorose così modeste che facevano ridere l'indulgente Scucci e scandalizzavano l'aristocratico Paolo. Gigi, discretamente provvisto anche dalla sua famiglia, faceva l'ingegnere elettricista e guadagnava molto. Ma per i suoi gusti poco danaro gli bastava. Amava le avventure da poco prezzo, le taverne di terz'ordine, le kellerine, le serve, le donne insomma che egli credeva beneficare, amandole. Anche nell'amore gli piaceva di proteggere, di elevare l'amata fino a sè.... come nell'amicizia. Egli trattava le sue amanti press'a poco come trattava Scucci, dall'alto al basso; ma si affezionava loro sul serio.... e qualche volta piangeva quando doveva, per le contingenze della vita, separarsene.

E Armando? Armando Ferni, detto Scucci, era laureato in scienze commerciali ed era entrato in una banca, in un piccolo impiego, perchè aveva bisogno di guadagnare. Non era mutato in nulla, nè fuori nè dentro. Sempre bruttacchiolo, di media statura, mingherlino, aveva una bella chioma scura un po' ricciuta, brutti occhi piccoli e miopi, un bel sorriso che scopriva denti puliti, e quell'eterna timidezza che rendeva goffe le sue mosse e rare le sue parole.

La sua intelligenza si era via via sviluppata, e forse adesso egli era il più acuto ed il più colto dei tre. Ma pareva che non ci tenesse o meglio che lo ignorasse. Era modestia? Era orgoglio? Era inerzia nell'autocritica. Egli non si conosceva. Non aveva avuto il tempo di studiarsi; e continuava a mostrarsi affezionato agli amici, mite, sorridente, servizievole, sottomesso, fedelissimo e pure diviso spiritualmente in due parti uguali.

La sua vita amorosa era quasi negativa, sempre per causa di quella sua inguaribile timidezza, che era il suo segreto tormento, dacchè era un uomo. Egli sarebbe stato portato ai piaceri dell'amore.... se la sua indole gli avesse permesso di fare i necessari approcci....; e anche qui era costretto dalla fatalità a subire la legge che gl'imponevano i suoi due indivisibili.... Cioè, o era tratto nelle compagnie troppo eleganti e troppo dispendiose, frequentate da Paolo, o doveva seguire Gigi nei bassi fondi che erano la sua specialità.... e che a lui repugnavano. La giusta via non poteva mai azzeccarla. Eppure egli si accomodava saviamente anche così, contentandosi dei resti dei banchetti degli amici suoi, nei quali riusciva a trovare, anche se assenti, i sapori che più gli sarebbero piaciuti. La sua filosofia consisteva non già nell'avere ideali, ma nel trovare modeste gioie in tutte le realtà che gli si offrivano.

Lavorava molto e il suo poco ozio era assorbito dall'amichevole egoismo di Paolo e di Gigi che avevano sempre bisogno di lui in qualche modo, e che se ne contendevano, al solito, il possesso.

Eppoi Paolo e Gigi, a poca distanza l'uno dall'altro, si ammogliarono. Ma i due matrimoni non divisero gli amici: solo, il terzetto diventò un quintetto. Il matrimonio è l'atto di un individuo che più esattamente lo rappresenta e lo esprime: e i due amici di Scucci fecero ognuno il matrimonio che dovevano fare. L'avvocato Paolo Mori (nell'occasione diventò De Mori) sposò tutto quello che di meglio potè trovare, la somma di maggiore utilità che potè acciuffare. Una ragazza bella, di buona riputazione, ricca, figlia di un uomo influente, di quelli che possono essere utili col loro appoggio morale ad un giovane che vuol salire. Si chiamava Anna: il marito la chiamò Anna Maria perchè ha un suono più aristocratico e più letterario: e fu veramente, per qualche tempo, innamorato della sua graziosa moglietta che aveva molto chic, che era stufa della sua parte di signorina per bene, che voleva divertirsi e guadagnare il tempo perduto.

Anna Maria non fu gelosa delle amicizie di suo marito, e Scucci le fu subito bene accetto, così timido e bene educato, così servizievole e discreto, che si dileguava senza rumore, che appariva sempre come un buon genietto domestico al momento in cui si aveva bisogno di lui.

— Anna Maria, sai, questa sera non posso dedicarmi a te. Un mio cliente mi ha telegrafato il suo arrivo improvviso.

— Oh peccato! Abbiamo le poltrone per la serata della Borelli!

— Sta tranquilla! Me ne ricordavo.... e ho telefonato a Scucci di venire a prenderti. Si metterà lo smoking, sarà inappuntabile, non dubitare. È un uomo innocuo, può benissimo servire da cavaliere ad una giovane signora.....

Così; in casa De Mori, Scucci divenne indispensabile, un quid intermedio tra il facente funzione di marito e il facente funzione di maggiordomo.

Quelle sue alte mansioni di fiducia lo compensavano di certi umili incarichi (litigare, per esempio, coi fornitori, col padrone di casa, eccetera eccetera,) che avrebbero potuto offendere la sua dignità.

Tutte le sue ore libere sarebbero state ingoiate da Paolo e da Anna Maria se, al solito, non ci fosse stata la coppia Balzani. Perchè, come si è detto, anche Gigi aveva presa donna. Già, una di quelle che gli piacevano.... una ragazza trovata sul palcoscenico di un caffèconcerto. Giovane, bellina, relativamente onesta e assolutamente furba, la quale era riuscita a farsi sposare. Era una ragazza che aveva la vocazione dell'onestà, che aveva l'anima borghese, desiderosa di benessere materiale e di tranquillità. Fu riconoscentissima a Gigi di averle data quella posizione che le pareva follìa sperare e lo amò sinceramente, fra l'una e l'altra delle sue funzioni di brava massaia per le quali era nata.

Ma quell'ambiente bene ordinato, perfettamente borghese e rispettabile, riuscì ben presto monotono, eppoi a poco a poco tedioso a Gigi.... il quale aveva la vocazione dell'illegittimità e della vita di bohème....; e ricominciò a frequentare i caffè notturni, le taverne più o meno rosse, e a coltivare le relazioni brevi, volgari, da pochi soldi, in cui si sentiva benefattore e mecenate. Sua moglie.... era già diventata una persona troppo per bene, troppo virtuosa per i suoi gusti! Ma siccome di fondo non era cattivo e voleva bene alla sua Mimì, e non voleva vederla scontenta, così egli invitava spesso Scucci a tenerle compagnia, ad accompagnarla al teatro, alle commedie, anzi ai drammi di vecchio stile, molto sentimentali, che le facevano spargere molte lagrime. Mimì era d'animo tenero, ed i suoi vasi lacrimali erano ricchi di copiosissima vena.... Ella pianse assai per la freddezza del marito, per la ripresa di quella vita di scapolo che offendeva il suo amor proprio di giovane sposa.... ma poichè egli consegnava a lei tutto il danaro dei suoi guadagni (tenendo per sè solo un esiguo assegno mensile) così ella si consolava ed accettava le filosofiche esortazioni del buon Scucci, che l'aiutava coi suoi consigli a sopportare le inevitabili spine che spuntano sulle rose della vita....

I due matrimoni avevano un po' guaste le relazioni tra Paolo e Gigi, perchè Anna Maria non voleva saperne di conoscere Mimì, e Paolo non credeva di dover imporre a sua moglie un simile sacrificio. Gigi se ne affliggeva pochissimo e voleva sempre l'antico bene, fatto di egoismo e di abitudine, al suo compagno di scuola.... ma quella che si offendeva era Mimì che aveva totalmente dimenticato il suo passato e che si sentiva ora una donna per bene nè più nè meno di un'altra. E Scucci era il diplomatico che cercava mettere pace fra le due potenze, non disperando di giungere un giorno o l'altro a concludere quella duplice intesa che avrebbe stabilita l'armonia nel dissonante quintetto....

Ma il monopolio, l'assoluto possesso dell'ambasciatore, cui l'una e l'altra delle due donne agognava, rendeva ancor più difficile la parte di conciliatore del povero Scucci. Il quale oramai, invece di una famiglia ne aveva due, con tutti gli oneri, e i pensieri e i grattacapi. I due amici dicevano (e di questo si divertivano) che fuorchè usufruire dei talami e metter mano alla borsa, egli aveva sopra di sè, un po' imposti, un po' volontariamente assunti, tutti gli uffici maritali: non di una casa, ma di due.

E se qualcuno chiedeva ad Armando: — Oh dottor Ferni, e lei non pensa a prender moglie? — egli rispondeva, tra scherzevole e spaventato: — Non ci mancherebbe altro! Con le occupazioni che ho! Non ne ho il tempo!

***

Alcune volte, veramente, egli si trovava in qualche bivio di difficile uscita: quando, per esempio, la sua presenza era desiderata con urgenza dall'una e dall'altra delle due tiranniche famiglie. Due lo tiravano (moralmente) da una parte, due dall'altra: chi lo allettava in un modo, chi in un altro, invitandolo a pranzetti succolenti, a festicciuole intime, a serate di teatro, a gite in campagna e via discorrendo; e richiedendo da lui, in pari tempo, una litania di piccoli favori amichevoli, indispensabili, di quelli che si possono domandare soltanto ad una persona di casa.

E Armando Ferni, detto Scucci, impiegato di banca, così modesto che non conosceva l'ambizione, così timido che non conosceva la vanità (che sono attività esteriori dello spirito), avendo l'aria d'essere qualche volta un po' oppresso da quelle quattro affezioni che lo sfruttavano, era nel fondo dell'animo suo molto soddisfatto di tutto ciò. Perchè egli era, senza che nessuno lo sapesse, un ghiotto di felicità, un uomo che prendeva il bene dovunque esso lo trovasse, sotto qualsiasi forma esso si presentasse, ma proprio per sè, per la sua intima soddisfazione, infischiandosene che gli altri lo sapessero.

Ci sono persone (la maggioranza) che vivono per la galleria, per far sapere altrui quello che di buono loro capita, magari inventandolo.... per sbalordire il prossimo. Hanno bisogno, per essere felici, dell'invidia della gente. E sono le persone che non hanno vita interiore.

C'è invece un piccolo numero di persone veramente assennate e furbe che cercano la felicità per sè medesima, che godono nell'ombra e nel silenzio, senza fracasso e senza ostentazione, paghe di contentare sè stesse e di gustare i piccoli conviti che loro offre la vita, in segreto, davanti alla loro sola coscienza. Di questo esiguo numero era Scucci. Tutto il superfluo che non possedeva glie lo avevano sempre prestato gli amici, in cambio di piccoli nonnulla, del semplice esercizio della cortesia che non gli costava fatica alcuna, che anzi gli offriva modo di espandere certe sue tendenze di faccendiere abile e sagace. Egli andava pensando tra sè che coloro i quali lo credevano una vittima dell'amicizia s'ingannavano a partito, perchè sentiva che l'amicizia dava a lui tutto quanto gli occorreva per la sua felicità.... per quella sua piccola, quotidiana, indispensabile felicità della quale si sentiva creditore verso la vita.

***

Ora finalmente il quintetto era più che mai stretto e compatto, formava veramente un tutto organico ed armonico. Il merito era stato del talento diplomatico del buon Scucci, che aveva persuaso la schizzinosa Anna Maria ad accogliere amicamente nel suo salotto rispettato e ricercato la signora Mimì Balzani, della quale la gente ignorava o aveva oramai dimenticato il passato. Quel riavvicinamento era stato graditissimo a Paolo e a Gigi, che in fondo si volevano bene e che videro di buon occhio concluso quel trattato di pace tra le loro signore, come essi dicevano. Da alcuni anni Mimì era una perfetta moglie. Aveva press'a poco i modi di una signora per bene, e Anna Maria, che moriva di voglia di vedere da vicino come fosse fatta una cosidetta ragazza allegra, si arrese alle istanze di Scucci e finì poi col simpatizzare con quella sentimentale e tenera Mimì, di carattere un po' malinconico, che aveva il cuore straripante del desiderio di amare e di essere amata....

Paolo e Gigi tornarono così a vedersi più spesso, ripresero l'abitudine antica di fare lunghe passeggiate insieme, di sera, dopo desinare, invece di andare in società Paolo, ai caffèconcerto Gigi. La compagnia l'uno dell'altro li toglieva alle loro tendenze dannose: l'uno cioè al suo snobismo, l'altro al suo gusto dei bagordi; e lasciavano Scucci nelle molteplici, complicate e delicate funzioni di custode del gineceo....

***

Una sera, Paolo e Gigi, che avevano detto uscendo, al terzetto più casalingo, che sarebbero rincasati tardi, tornarono invece assai presto, perchè l'avvocato De Mori ricordò all'improvviso di dover compiere un lavoro urgente. La moglie di Gigi e Scucci li attendevano in casa sua. O meglio non li attendevano affatto, perchè entrati con la chiave del padrone di casa senza l'annunzio del campanello, Paolo e Gigi udirono fin dall'anticamera le due voci alte e veementi delle loro donne accapigliate in un alterco da cortile. La voce di Scucci, che tentava metter pace, non giungeva chiaramente agli orecchi dei sopraggiunti mariti, sopraffatta da quelle delle femmine esasperate.

All'entrata improvvisa le voci tacquero per incanto, le fronti si distesero, le unghie rientrarono nelle zampe di quelle gattine irate, i sorrisi tentarono affacciarsi su quelle bocche contratte. La facilità donnesca di passare dal pianto al riso, alla guisa dei bambini, venne in soccorso delle due imprudenti creature, le quali ebbero al tempo stesso, nei piccoli cervelli, la folgore di un'idea salvatrice. L'identico pericolo suggerì all'una ed all'altra la medesima difesa....

Al duplice: — Che cos'è? Che cosa succede? Che vergogna è questa? — dei due sbalorditi mariti ed all'ostinato silenzio di Scucci (che questa volta si dimostrava inferiore alla sua fama di buon diplomatico) le due mogli trassero ognuna in un angolo della stanza il proprio marito.... e dissero loro un brano di verità....

Anna Maria si avvicinò, alzandosi sulla punta dei piedi, all'orecchio di Paolo e gli disse così: "Sai? Ho scoperto stasera che Mimi è l'amante di Scucci.... ed io dicevo a quella svergognata che non la voglio più in casa mia. Così succede ai galantuomini che si scelgono la moglie nel fango! Povero Gigi! Così buon amico nostro! Ne sono proprio indignata....".

Dall'altro canto Mimi aveva tratto dietro la tenda della finestra suo marito e gli stava dicendo così: "Gigi mio, scusa se mi sono condotta male.... se ho gridato troppo forte.... (non lo farò più), ma non posso ingoiare la canagliata che ho scoperta stasera.... della quale però dubitavo da un pezzo. Figurati!... quell'ipocrita di Anna Maria è l'amante di Scucci.... te lo assicuro! Povero Paolo, così buon amico nostro! E voleva fare la smorfiosa!... quel bel mobile! Le ho cantato sul muso che ce ne sono di migliori in certi luoghi di mia conoscenza...." e si turò la bocca con la mano, parendole di aver detto troppo....

Le due oratrici furono sbalordite dall'effetto ottenuto dalle loro rivelazioni di savie matrone scandalizzate.... perchè i mariti, avendo ricevute le due stupefacenti confidenze, apersero da prima tanto d'occhi, li volsero in giro e videro il povero Scucci, a testa bassa, più bruttino che mai, con la sua aria innocente ed innocua, muto e avvilito, come un povero cane bastonato; e l'impressione che quella figura mascolina, così disuguale alla parte di improvviso don Giovanni, fece su di essi fu tale....

che scoppiarono in una invincibile, irresistibile, fragorosa, lagrimante risata.... Ognuno dei due credette veramente gabbato l'amico dall'umile, insospettabile, sinodale Scucci.... perchè la rivelazione era stata fatta con l'accento della più indiscutibile verità; ma più che l'indignazione, più che la morale offesa, più che la delusione sulla fedeltà di quella istituzione casalinga che oramai da tanti anni era Scucci.... potè la comicità scaturita dall'inverosimile caso! No. Era troppo strano, troppo buffo, troppo divertente!

Quel pezzetto d'uomo trascurabile, insulso, inetto, ridicolo.... amante fortunato di una bella giovane donna che ha un marito che vale cento volte, mille volte di più! Così press'a poco dicevano mentalmente Paolo e Gigi: e irresistibilmente ridevano tutti e due, seduti l'uno in faccia all'altro, coi gomiti sui ginocchi, con la faccia nel fazzoletto, col collo gonfio, con gli occhi pieni di lagrime... reprimendo a stento il fragore dei singhiozzi convulsi della più pazza ilarità....

Scucci, che era veramente l'amante delle due mogli, guardava i due mariti gabbati e non comprendeva nulla di quella farsa germogliata all'improvviso dalla paventata tragedia.... ma aveva quasi voglia di piangere dalla gioia, sull'accompagnamento di quelle risa, perchè cominciava a sperare che la dolce armonia del quintetto (che per un momento aveva creduta turbata per sempre) potesse essere ristabilita....

SINFONIA BIANCA E NERA.

Il vecchio re Monte Bianco, sul suo trono vellutato di foreste, lascia pendere due lembi del gran manto di ermellini verso la valle. Alla sua destra alcuni candidi vegliardi; alla sua sinistra un corteo grigio di cavalieri in aguzze armature ferrigne che balenano di luci rossastre a quando a quando. Nessun paesaggio europeo è più solenne, più olimpico, più bellicoso di quello che si contempla dalla valle savoiarda di Chamonix. La sua bellezza augusta umilia la protervia umana. L'uomo è solo un particolare insignificante in quella visione immensa.

Al principio di luglio del millenovecentoquattordici — l'ultima tappa di un'era, prima dell'inverosimile sconvolgimento della così detta civiltà — molta gente elegante cosmopolita era accolta nella vallata verde e bianca che la fresca onda dell'Arve fa sonora.

L'albergo du Montblanc aveva molti ospiti. La sua orchestrina suonava lieti motivi di danze tre volte al giorno: nella hall si giocava alle roulettes automatiche, di sera: di giorno si stava a gruppi nel bel giardino, sulle poltrone verniciate al "ripolin" di tinte pallide, facendo la coda per guardare col telescopio le ascensioni là in faccia. Quasi tutta quella gente era frivola, inferiore al suo còmpito di macchietta di quel divino paesaggio: ma questa è cosa frequente e inevitabile....

C'era fra le altre belle signore una italiana che aveva la linea esteriore tagliata sul modello comune, ma l'anima superiore al credito che le si poteva fare. Era la contessa Maria Somma, convalescente di una malattia che le aveva lasciata nella persona una languida stanchezza e sul volto un delicato pallore. I suoi occhi, scuri e lunghi, risaltavano su quello come vivi diamanti neri, e poichè le labbra cominciavano a fiorire del loro naturale carminio, la sua faccia non propriamente regolare ma splendente di spirituale luce, andava riconquistando le smarrite attrattive.

Donna Maria aveva trent'anni, era una moglie fedele, una madre modello ed insieme una signora mondana ed elegantissima. Ma l'eleganza e la mondanità non erano il suo primo pensiero. Aveva una vita interiore che era la sua occupazione prima, accanto alla sua felice maternità. Aveva due figliuoletti di sei e otto anni, belli sani e ancora ignoranti come due bestiole, che una brava nurse aveva sotto le sue cure, prima che passassero al precettore. Essa li chiamava Baby e Trotolò. Li aveva con sè a Chamonix perchè non se ne separava mai.

Suo marito.... Quello era la sua pena sentimentale. Non lo amava di amore e questo le lasciava un gran vuoto nell'anima. Gli voleva bene, però, come ad un buon amico e lo stimava come un perfetto galantuomo: e spesso si rimproverava che tutto ciò non le bastasse. Ma i rimproveri della sua coscienza non rimediavano a nulla. Ella sentiva che nel suo cuore ci sarebbe stato posto per un altro sentimento a lei vietato dalla sua morale.... e aveva di quel sentimento desiderio e paura.

Forse era quel conflitto interiore che metteva sul suo volto quell'ombra di mestizia che lo abbelliva singolarmente....

Fra gli ospiti del suo albergo ella aveva notato un giovane alpinista che andava a tavola con la sua onorata divisa, che scompariva ogni tanto, tornando ogni volta più bruciato dal sole. Era sempre solo o in compagnia di qualche guida, e pareva giovanissimo. Seppe con meraviglia che era italiano, mentre avrebbe messo pegno che fosse inglese. Per la partenza di un grosso e brutto tedesco, fu collocato al restaurant accanto al tavolino di lei, al quale ella sedeva coi due bimbi e con la nurse.

E i due piccini, irrequieti ed espansivi, fecero in breve relazione col giovane vicino, che aveva gli occhi azzurri ancora infantili, bellissimi capelli biondi, il volto sbarbato, un sorriso dolce e fresco di bambino.

Era il conte Clemente Balbi, aveva ventidue anni ed una passione sfrenata per la montagna. Il club alpino italiano lo annoverava già fra i suoi più giovani ma più validi campioni. La contessa Maria fu d'accordo coi suoi figliuolini nel provare subito molta simpatia per lui. Le parve quasi di trovare un amico. Era semplice, attivo, di carattere serio, poco mondano e niente corrotto. Non era uno dei soliti.

La novità piacque alla contessa, che non seppe come meglio esprimere a se stessa la simpatia che provava per lui se non pensando: "Vorrei che i miei figli gli assomigliassero".

A lei parve da prima che quel sentimento fosse puramente materno; e si dimostrò cortese e bene accogliente con "l'amico dei suoi bambini", come ella lo chiamava. Ma egli non provava per lei, disgraziatamente, sentimenti figliali. Si innamorò di lei in pochi giorni, profondamente. Era il suo primo vero amore. Casto ed ardente insieme, la desiderò con frenesia, pur circondandola di un rispetto cavalleresco e devoto che sarebbe sopravvissuto, gli pareva, all'ultimo abbandono. Non le diceva parole d'amore, ma le si offriva, le si dava tutto con lo sguardo, con le inflessioni della voce, con tutte le delicate premure, un poco ingenue, del suo fresco, del suo giovane amore. E non potendo in altro modo dimostrarle la sua affezione, copriva di carezze e di cortesie i due piccini.

— Mi dà i due piccoli, contessa? Andiamo a mietere fiori per lei. — E partiva coi due bambini, felice, e tornavano con le mani, con le braccia cariche di eriche montane, di sassifraghe, di felci, di rododendri per ornare le stanze di donna Maria.

Le sue stanze non avevano l'aspetto di appartamento d'albergo, ma parevano veramente una casa. Ella lo invitava a prendere il tè, nell'intimità, il tè servito dalla sua cameriera, insieme ai bimbi e alla nurse. Che c'era di male? Era un connazionale e le loro due famiglie si erano conosciute in altri tempi. Eppoi si accorse che egli ne era troppo felice, sentì d'esser troppo contenta ella stessa di trovarsi con lui.... e non lo invitò più. Andavano però a passeggiare insieme, quando egli non faceva ascensioni.... E quando ne faceva, ella era inquieta fino al suo ritorno di una pena che invano si studiava di chiamare amichevole....

Egli si era accorto delle ansie di lei per le sue assenze e non osava inebbriarsi di tanta felicità! Quella donna gli pareva così bella, così buona, così intelligente, così superiore alle altre, che l'amore di lei gli pareva un sogno troppo alto.... Partiva ancora con piacere per le sue gite alpestri, sì, ma anche con rammarico, perchè si allontanava da lei.... e le dedicava quelle sue imprese faticose e pericolose, sperando acquistarne merito e vanto davanti agli occhi adorati. Aveva già fatto alcune ascensioni di allenamento e anche alcune vere salite.

Ella non faceva, per la sua convalescenza, altro che brevi passeggiate. Un giorno alla "pietra di Ruskin" i bimbi e la nurse si erano un poco allontanati. Ella aveva fatte delle fotografie e si era appoggiata con le reni al masso di macigno che ha davanti il magnifico spettacolo del Monte Bianco, limitato (come in un quadro d'arte) da un alto abete negro, che pare un pensiero fosco sorto all'improvviso in una grande serenità. I bimbi le portavano fragole e mirtilli, ch'ella gustava fanciullescamente, e come per non rimanere sola con lui, gli disse:

— E voi, Clemens, non mi portate nulla?

Egli rispose:

— Io vorrei darle il mondo! — eppoi si lanciò correndo giù per le praterie con quel suo agile corpo elegante e vigoroso che si disegnava nell'aria, nel ritmo della corsa, come quello di un Mercurio greco. Ritornò con le mani piene, entrò nel boschetto d'abeti che ha qualche giovane alberello di pioppo, qualche rosa selvatica, un tappeto di piccole felci.... Ella era ancora appoggiata alla gran pietra che porta inciso il nome dell'esteta inglese, come trasognata. Provò una gioia straordinaria vedendosi dinanzi Clemens all'improvviso. Quasi senz'avvedersene mormorò: "Caro!", come diceva ai suoi figliuoli. Si mise a mangiare i mirtilli ch'egli di mano in mano le porgeva: eppoi anch'ella ne sgranò, se ne riempì il cavo della mano e ne offrì a lui. Egli afferrò la mano, abboccò i bruni mirtilli sulla rosea palma e la premè così a lungo con le labbra.... che tutt'e due ne impallidirono.... Ella disse:

— Andiamo, andiamo. — E chiamò ad alta voce i piccini: — Baby, Trotolò! Venite!

Egli la seguì, a capo chino come un colpevole, eppure con l'anima zampillante di gioia come una fresca fontana....

Gli si fece più severa per alcuni giorni. Ma poichè egli doveva fare un'ascensione con la fida guida, l'atletico Paul Simond, e col porteur, ridivenne mite, e non abbandonò quasi per tutto il giorno il telescopio, a costo di attrarre l'attenzione della gente. Per fortuna al suo interessamento partecipavano i bambini, che si appassionavano alle gesta dell'alpinismo. Le loro grida, la loro gioia nel riconoscere la lontana piccola figura di Clemens, al telescopio, sull'immenso grigio dell'"aiguille" giustificavano l'attenzione della madre loro. La quale mal riusciva a nascondere la sua angoscia segreta. Si era bene informata, era dotta oramai nella storia dell'alpinismo. Andava leggendo tutta la letteratura alpina e sapeva che non c'è ascensione senza pericoli, sì che si stupiva che la madre di Clemens potesse dormire tranquilla nel suo letto, mentre il suo figliuolo affrontava tali cimenti! Ella per due notti non dormì e al ritorno di lui non volle mostrargli la sua gioia.... e si chiuse in una rigidità di accoglienza che fece a lui spargere delle lagrime....

— Non fate il ragazzo! — ella gli disse fra burbera e dolce. — Avant'ieri eravate lassù, vicino al cielo, quasi più di un uomo, e ora sembrate Baby e Trotolò quando li sgrido!

Erano soli in un angolo romito del parco. Egli le si era inginocchiato accanto, ed ella istintivamente, irresistibilmente, passò una mano sulla bella fronte liscia dove fiorivano i capelli ondulati, dolci come una morbida piuma di uccellino. Egli ebbe un sussulto, un grido rauco, che imporporò a lei la faccia, facendola balzare in piedi....

Da quel giorno egli osò chiederle, con velate ma pur decise parole, d'essere amato.... e di averne le prove....

Ella, pur negando e mostrandosi ad ora ad ora severa, ebbe per lui tutte le indulgenze della donna onesta che molto perdona perchè molto ama. Affettava di trattarlo come un fanciullo e lo temeva, in fondo, come non aveva mai temuto nessuno....

Quasi tutto il mese era passato così, veloce come un'ora, in quelle schermaglie d'amore che riempivano i loro cuori di gioie e di tormenti. Clemens non viveva che della speranza di possedere la donna adorata: questa solo del desiderio di acconsentire.... e le sembrava che morrebbe di dolore se la forza di resistere le mancasse.

**

Andarono un giorno a passeggiare nella foresta prossima al paese, adatta alle rinascenti forze di lei; la bella foresta di abeti che si svolge dietro il Casino, dentro la quale passa la fresca onda del fiume. I bambini andavano innanzi con Miss Anna; ella andava adagio avendo Clemens al fianco. Era una visione fantastica di un pallido verde quasi irreale. Il sole vicino al tramonto, mandava dentro un pulviscolo d'oro pallido, morente, che quasi pareva lume di luna. Di fuori densa e cupa, l'abetaia era dentro chiara e trasparente come un fondo di lago, come una favolosa regione di fate e di folletti. Un'atmosfera musicale era diffusa nel silenzio. Una musica senza parole, tenue e profonda, appassionata e discreta, fatta di note lunghe e di assonanze nuove.... Pareva ai due essere immersi in una misteriosa selva maeterlinkiana o débussyana, senza sentieri che riconducessero sui loro passi.... Non si udiva altro che la piccola voce dell'acqua come un pedale monotono e galeotto.... Non si udivano più le voci dei piccoli già lontani.... Ella era muta e contenuta ed armata dentro sè come chi si senta minacciato da un pericolo che lo impaura e contro il quale si prepara alla difesa. La strana luce crepuscolare, tra il verde infinito, la faceva più pallida, e più cupo sembrava il velluto languido de' suoi occhi sotto il "gamin" nero. La sua giacca, di velluto giallo arancio sulla leggera veste bianca, era la sola nota violenta in quel paesaggio uniforme.

Clemens era vestito di grigio, senza cappello e la sua testa giovane si dorava sotto il poco sole. Non la guardava, perchè si sentiva gli occhi carichi di una fiamma che l'avrebbe spaventata. A un tratto, dinanzi al loro andare lento e trasognato, apparve il corso d'acqua che bisognava superare. La gonna di lei era stretta, leggere e immacolate erano le sue scarpe bianche. Ella rise forte, fanciullescamente, battendo le mani, più divertita che afflitta, dicendo:

— Come si fa? Come si fa?

Clemens disse piano:

— Si fa così! — la sollevò all'improvviso tra le braccia, slanciandosi attraverso il rio con la sua preda, fino sull'altra sponda asciutta.... Ma giunto al sicuro, ancora non la deponeva. Ella gridò forte, ed egli a malincuore allentò la stretta col volto torvo e contratto più di quanto fosse scontento ed offeso il volto di lei. L'aveva serrata un momento contro il suo petto con una forza dissennata.... e l'atto audace non lo aveva lasciato pentito se non di aver ceduto alle proteste di lei.... Continuarono ancora per alcuni passi il cammino, poi ella disse:

— Basta. Torniamo indietro. Non ho più fiducia in voi. Siete un cattivo ragazzo. Non vi voglio più bene.

Egli disse:

— Tacete! Perchè mi torturate? Non sentite come soffro? Guardatemi!

Aveva la voce tremula di lagrime, eppure imperiosa. Ella lo guardò. Ebbe l'impressione che in un attimo si fosse trasfigurato, che dieci anni almeno fossero trascorsi. Colui che essa aveva accanto non era più un fanciullo bello, innamorato, implorante, un po' folle.... Era un uomo che le voleva bene, forse, che la desiderava spasmodicamente, che si ribellava al suo soffrire, che voleva gioire di lei e con lei.... per andare poi insieme incontro all'inevitabile dolore.... Ella sentì accanto a sè una volontà ed una forza.... e le parti ad un tratto s'invertirono; cioè, la coppia che essi formavano, dissonante nell'accordo insolito delle disuguali età, divenne normale e tradizionale. Egli fu ad un tratto la forza superiore che suggerisce il comando, ella la debolezza che si piega alla gioia dell'obbedienza.... Quando Clemens le cinse la vita col braccio e la trasse a sè perdutamente, essi non seppero quale delle loro bocche avesse prima cercato l'altra per unirsi nell'interminabile bacio....

Le voci di Baby e di Trotolò di lontano chiamarono alternativamente:

— Mamy! Mamy!

***

Lontana da lui, dal giovane tanto amato che sconvolgeva l'equilibrio della sua anima e del suo corpo, ella si pentì subito di avergli dato quel gravissimo pegno d'amore. La sua coscienza si ridestò, la sua virtù si rimise a lottare, la sua morale riprese a farle aspri rimbrotti.... "No, no, non mi darò, non cederò, morirò di dolore ma resisterò alla tentazione terribile...."

Non uscì di stanza per due giorni. E, ad alcuni messaggi ardenti ed insistenti di Clemens, rispose una lunga lettera saggia e pensata che le costò lagrime e insonnie e che mise lui alla disperazione.

Per non commettere follie e per calmarsi un poco, egli decise di compiere allora l'ascensione che da alcuni giorni rimandava per non allontanarsi da lei, quella della cima del Monte Bianco, che aveva tenuto per ultima, non come la più difficile, ma come la più simbolica, come il coronamento delle sue ascensioni, cui un tempo aveva sognato come veramente si sogna l'abbraccio della donna più amata. La sua fedele guida, ch'egli trattava già come un amico, Paul Simond, adusto e bello come un semidio della montagna, lo accompagnò. Donna Maria gli mandò il buon viaggio sopra un foglietto di carta aperto.... ma il cuore le si serrò in un'angoscia disperata, che lo stato morboso dei suoi nervi esagerava. Ella sapeva che la groppa del colosso, che la sua estrema cupola, è docile e relativamente facile, che le fatiche eroiche di Giacomo Balmat e di De Saussure, i primi assalitori del gigante, non possono verificarsi più. Il cammino, dai Grands Mulets, è press'a poco sicuro, se l'alpinista sia forte e bene allenato. Eppure quel bianco oceano là dinanzi che doveva essere conquistato dal piede di Clemens, le pareva un'oste nemica viva e terribile schierata contro di lui, le pareva una minaccia di morte, le faceva orrore, non osava quasi più guardarlo.... aveva il terrore del telescopio, al quale si affollavano, invece, le altre signore, con immenso rammarico di Baby e di Trotolò che avrebbero voluto stare tutto il giorno appiccicati al cristallo....

"Egli potrebbe non tornare più, essere inghiottito dal mostro di ghiaccio che ha sulla coscienza quaranta omicidi!" Era il ritornello della sua paura, del suo rimorso, del suo pentimento.... Adesso ch'egli era lontano, in un fiero pericolo, adesso si pentiva amaramente d'essergli stata severa! "Ho rifiutato il suo amore, l'ardore delle sue vene, la pura fiamma del suo giovane cuore! Caro bambino! Come fui pazza e cattiva! Oh domandargli perdono! Dargli tutta me stessa senza esitanze, senza scrupoli, senza egoismo, donargli tutto il bene, tutta la gioia, e soffrire poi, per lui, non importa, soffrire certo.... ma vederlo contento, almeno un'ora."

Furono per lei ore eterne di tortura e di spasimi. La sera, nella hall l'orchestrina suonava le solite arie di danze. Alcune giovani americane seminude si misero a ballare con dei tedeschi dalle facce rosse, volgari, che sapevano di birra e di sigaro. Ballavano anche delle francesine elegantissime, delle inglesi dai capelli magnifici, un'americana del sud vestita e dipinta come una coccotte, due giovani principi russi dalle espressioni strane, un po' ingenue, un po' viziose.... che avevano tentato di fare la corte a donna Maria....

Ella non aveva mai udito musica così triste, quasi tragica.... Le americane del nord, forse per antagonismo verso quella argentina, non vollero più "tango", ma "boston".

L'orchestrina si mise a suonare i più celebri valzer in voga.... "Che tristezza! che lugubre musica!", pensava donna Maria, mentre in un angolo della hall, sprofondata in una poltrona di vimini, assisteva, corporalmente, a quella sedicente allegria, perchè non voleva salire nelle sue stanze. I piccoli dormivano già, e la solitudine faceva troppa paura alla sua malinconia....

Il trino ritmo del valzer che non induce alla calma come i ritmi pari, ma eccita, per la mancanza della conclusione architettonica, straziava i suoi nervi.... Nessuna marcia funebre le era mai sembrata più desolata di quella musichetta così detta di gioia che le agitava davanti un nucleo di donne, di uomini, in un turbine di gai colori, allacciati, abbandonati nel molteplice amplesso....

"Qual'è la gioia? Qual'è il dolore?" ella si chiedeva. "Come la vita e l'amore somigliano al dolore, alla morte!"

L'orchestrina si mise a suonare una piccola danza di Herman Fink: In the Shadows.

Una delle ragazze americane, con un lungo triangolo di pelle bruciato dal sole — dal collo alla cintola — vestita, per modo di dire, di molle velluto color turchese, con le braccia nude, bianche, bellissime, canticchiava le strofette della musica....

The shadows and the sunlight
Are dancing on the wheat.

Donna Maria si sentiva svenire.... "Egli è là, lontano, fuori del mondo, nel ghiaccio, nella tormenta, senza aiuto contro la morte.... e pensa certo che io non l'amo abbastanza, che sono un'egoista, chiusa nella mia stupida inerte irremovibile virtù, più fredda della neve che lo circonda.... E io brucio d'amore per lui, e io muoio dal desiderio di darmigli tutta, io muoio dal rimorso di averlo fatto tanto soffrire.... Ma egli torna, tornerà.... Dio ascolterà la mia preghiera.... e allora avrà tutto da me; tutta me stessa sarà il premio delle sue coraggiose imprese, delle fatiche ch'egli ha affrontate per guarire dal male che, senza volere, io gli ho fatto...."

In questo pensiero ardente come un voto ella si coricò, senza dormire....

***

Solo quarantott'ore appresso, Clemens e Paul Simond tornarono all'"Hôtel du Mont Blanc" essendo discesi per Courmayeur e di là tornati in ferrovia (perchè gli alpinisti sdegnano di percorrere a piedi i facili cammini)....

L'ascensione era stata felice e magnifica. All'albergo furono festeggiati dal gruppo di coloro che si interessavano di alpinismo. Clemens era trasfigurato. La pelle del volto era arsa dal sole, addirittura bruciata, e gli faceva una maschera diversa, più maschia, un po' selvaggia, sulla quale splendevano i chiari occhi di fiordaliso. In essi raggiava veramente una luce nuova. Lo spettacolo che gli si era offerto di bianchezza immacolata e sterminata, sotto il cupo, quasi nero zaffiro del cielo, gli aveva abbagliato non solo lo sguardo ma l'anima. Si era sentito trasportato in un'atmosfera di bellezza e di purità non solo fisica ma spirituale. Quella grande sinfonia in bianco, senza colore, senza suono, senza uomini, senza animali, senza piante, lo aveva gettato in uno stupore quasi sacro. Un paesaggio può avere un'azione profonda sopra un'anima sensibile e giovine, nativamente disposta alle suggestioni, così come un'opera d'arte, di filosofia, di morale, ha causato qualche volta rivolgimenti profondi in alcune coscienze.

Sullo spirito, sullo stato d'animo di Clemens, operò quella portentosa visione di terribile e austera bellezza naturale. Bianchezza infinita, altezza vertiginosa, brivido del pericolo, sfida dell'uomo alla morte, lotta con l'Invisibile, augusta serenità della solitudine, sensazione di piccolezza della terra sottostante, desideri placati, lavacro delle cattive passioni, purificazione della carne in cospetto di quella grande forza misteriosa che muove il mondo, di quel mistico indefinibile amore ultraumano che acqueta le tumultuose e piccole tentazioni terrene....

Tutto questo, più che questo, aveva sentito Clemens nella buona fatica corporale che ridava l'equilibrio al suo essere, che gli formava una nuova coscienza, che faceva balenare innanzi al suo spirito, pur ieri accorato e offuscato, luci meravigliose di vera bellezza interiore, di alta giustizia umana. Egli si era, lassù, vicino al cielo, fuori dal mondo, veramente purificato alla misteriosa sorgiva di un nuovo battesimo, ed era tornato all'albergo come un altr'uomo. Il suo amore di ieri era domato e spiritualizzato. Si sentiva pieno di vergogna e di rimorso per l'assedio quasi violento usato verso la gentildonna che gli aveva dimostrata indulgente bontà; che, debole di corpo e forte d'anima, aveva corso il rischio di perdere per lui la stima di sè medesima e la pace della coscienza. L'anima del giovane attraversava ora un momento mistico, si librava nell'atmosfera vertiginosa del mistero, provava l'ebrietà dell'autoaccusa, l'umiltà eroica che, in fondo, è una forma superiore di orgoglio, di sentire la propria colpa, di riconoscerla, assolvendo altri per aggravare sè. Il bacio che si erano dato nell'opaca selva, ch'egli non aveva rubato perchè ella aveva offerte a lui le sue amorose labbra con gioia, pareva adesso a Clemens una sua propria violenza, quasi un'offesa a quella delicatezza di gentiluomo che gli era stata insegnata come ferrea legge. Il bacio che per alcuni giorni lo aveva fatto spasimare di delizia e di desiderio, ora gli pesava sulla coscienza come un rimorso e gli piaceva purificarlo, nel ricordo, ripensandolo come una dolce carezza quasi fraterna.... E poichè ciò non gli riusciva ancora, se ne accusava, liberando del tutto dal peccato di complicità la donna diletta, la cui strenua difesa gli pareva oggi magnificamente nobile e bella.... Di lassù, avendo i piedi sulla candida fronte del Monte, aveva strappato un foglietto al suo libriccino e con la mano intirizzita, aveva malamente scritto col lapis: "Penso a voi, bianca e pura come questa neve eterna. Vi domando perdono. Vi adoro e non vi chiedo nulla. Vostro con l'anima per sempre". E le aveva, appena ritornato fra i mortali, mandato in camera quel foglietto, accompagnato da un grande fascio di fiori alpini....

Donna Maria lo rivide avendo negli occhi una febbre ch'egli non comprendeva, ora che i suoi sensi si erano appaciati nella rinunzia e ch'egli si sentiva forte e soddisfatto del suo sacrificio. Ella non comprendeva come mai quella gran fiamma fosse così all'improvviso caduta, e non poteva consolarsi — ella che tanto aveva sofferto del patire di lui — della sottomessa serenità di colui al quale, finalmente, avrebbe voluto darsi tutta. "La mia severità lo ha certo intimidito" ella pensava: "È un ragazzo ancora, bisogna ridargli coraggio....".

Lo fece chiamare, su nella sua camera, piena di fiori, di molli tappeti, di cuscini soffici. La sua persona sottile e vibrante era avvolta in una veste da casa audacemente leggera, di un pallido colore di giunchiglia; i piedi nudi erano infilati dentro pianelle di raso dello stesso colore, così piccole che parevano corolle di orchidee.... Nel sottile volto bianco, che si affinava al mento, in un aggraziato triangolo, gli occhi parevano tutt'ombra, una grande ombra minacciosa e promettente.... La volontà della gioia vicina era, inconsciamente, ne' suoi gesti, nelle note della voce, negli sguardi....

I piccoli e Miss Anna presero la merenda con la mamma e col grande amico ritornato, che a loro pareva un eroe....

Clemens aveva portato loro delle chicche e dei balocchi per festeggiare il suo ritorno, e si prestava di buon grado alla tempesta d'interrogazioni dei due bambini che volevano sapere "com'era fatto lassù". Donna Maria disse con un tono un po' infastidito che i piccini non conoscevano: "Adesso basta, figliuoli! Uscite con Miss Anna a fare la vostra passeggiata. Io sono po' stanca. Clemens resta a far compagnia a me". Li baciò in fretta; i bimbi si accingevano ad uscire, attratti da una famiglia di piccoli gatti, già loro amici, proprietà di una buona vecchietta che aveva un orticello vicino al fiume. Quei gattini erano la passione di Baby e di Trotolò che avevano cospirato con Miss Anna per portarne in Italia almeno uno. Anche Clemens era del complotto, ma nessuno dei quattro osava parlarne alla contessa.

Baby fece: "Clemens, sai, andiamo da quegli altri amici piccini...." e ammiccò maliziosamente.

Clemens disse alla signora: "Poveri piccoli! È vero! Ho promesso di aiutarli in un'impresa difficile che sarà poi sottoposta al suo volere. Bisogna che li accompagni. Credo che lei preferirà di star sola e di riposare un poco prima del pranzo, non è vero? La lascio anch'io: a più tardi".

Le s'inchinò profondamente, le baciò la mano, uscì coi piccini, quasi fuggì; pauroso di sè? di lei? di che cosa? Non lo sapeva bene, ma l'istinto della giustizia, di ciò che doveva essere, lo cacciò come un invisibile angelo dalla spada sguainata....

Ella non lo comprendeva più.... ma sentiva su l'anima e sul corpo tutto il peso della sua triste passione terrena, sentiva diffusa intorno a sè la grande ombra del dolore, e le pareva che il suo fosco dubbio "egli potrebbe non tornare più" si fosse avverato. Sentiva che veramente sono "morte nella vita le cose che non sono più".

Trasse dal seno il foglietto che Clemens le aveva mandato, ritornando, "Bianca e pura come questa neve eterna". No, no, illusione, menzogna! Chi era dunque mutato? Chi mentiva adesso? Non comprendeva più nulla; le parole, le cose, le idee si confondevano nella sua mente.

Nell'anima sua si agitavano impulsi di ribellione, aneliti di peccato, folli desideri di gioia, rampogne fiere al pusillanime, al mutevole fanciullo.... e da tutto questo caotico tumulto che la faceva orribilmente soffrire, nasceva un oscuro bisogno di riposo, un notturno desiderio di morte, di vera morte cieca, sorda, nuda, senza volontà e senza conoscenza; in pace, in salvo dal dolore, dal dolore....

L'UOMO CHE VOLEVA ESSERE CHIC.

Alcuni anni or sono, quando il mondo pareva pacifico, le classi più danneggiate — moralmente — dalle miserie della disoccupazione, non erano quelle del proletariato, ma quelle della così detta elevata società.

Il conte Giorgio Machirelli di Fontanèlice apparteneva al proletariato spirituale. Giovane, bello, ricco, indipendente, non era felice e sentiva che qualche cosa mancava alla perfetta soddisfazione di sè. Voleva avere una sua propria personalità, voleva essere qualcuno, in un ambiente che contentasse la sua ambizione.... o meglio la sua vanità.

La piccola città di provincia in cui era nato e in cui era il primo signore, offriva un orizonte troppo limitato, indegno dei voli della sua immaginazione.

"Bel gusto — diceva a sè stesso — essere il primo in un villaggio! Questo paradosso poteva enunciarlo Giulio Cesare.... che si sentiva il primo nel mondo!"

Non aveva la passione della politica, la sola che avrebbe potuto condurlo a qualche facile conquista; ne era anzi nauseato, perchè intorno a sè ne aveva respirata troppa e aveva assistito a tante vicende che, non essendo abbastanza ingenuo, nè abbastanza idealista, nè abbastanza esteta per apprezzarle in vario modo, gli erano sembrate disgustevoli e ridicole. Un excuoco della sua famiglia era sindaco della città; un astuto ciarlatano ne era il deputato: e quello era il partito avanzato. Alcuni cretini senza idealità, nobili spiantati o grassi borghesi, alleati dei preti, componevano il partito conservatore. Egli non avrebbe voluto essere nè con gli uni nè con gli altri. Si occupava un poco di agricoltura (troppo poco) e viaggiava. E la sua ambizioncella lo mordeva agli stinchi come un botolo irrequieto.... Era piuttosto intelligente, discretamente equilibrato, e press'a poco conosceva sè stesso; a grandi cose non poteva aspirare. Che fare, dunque, per distinguersi dagli altri, per far parlare di sè? Pensò allora di diventare un uomo chic.

In verità la vita mondana della sua città era una cosa buffa e soffocante, o meglio, non esisteva. Salotti? Nessuno. Il sottoprefetto dava un ballo in carnevale e un ricevimento il giorno dello Statuto; ma quelle riunioni gli parevano degne d'essere comicamente descritte da Balzac o da Anatole France (egli non conosceva la letteratura italiana, ma era abbastanza edotto di quella francese). La nobiltà era decaduta o aveva espatriato verso centri maggiori. Eppoi la politica divideva la gente. Vi erano belle donne, certo; ma chiuse nei ginecei. Restavano quelle del popolo: ma dedicarsi alle sartine, farne delle cocottes, prendendo la responsabilità di lanciarle nel vizio, non gli piaceva. Aveva avuto un'educazione morale e religiosa di cui gli restava nel cuore qualche cosa, insieme al culto dei suoi genitori, morti prematuramente.

Avventure? Con chi? Prender moglie? Troppo presto. Eppoi, le ragazze provinciali, coi suoi gusti eleganti, non lo attiravano. Dacchè viaggiava, dacchè faceva conoscenze nelle città di bagni, nei grandi alberghi di montagna, le sue giovani concittadine lo facevano soltanto sorridere. C'erano di belle ragazze, però. Ma oche! Indietro di secoli! Alcune anche assai ricche, figlie di industriali o di agricoltori; ma si potevano sposare creature così arcaiche? Avevano modi, abitudini antidiluviane, chiuse nella loro timidezza provinciale, nella loro onestà fiera ed ombrosa. Mai teatri (poche settimane al tempo della fiera d'agosto), mai spettacoli, mai nulla che potesse raggentilirle e modernizzarle. Il loro solo spasso, oltre qualche piccola passeggiata e le feste di chiesa, era la finestra. Sicuro; all'ora del "corso" tra qualche vaso di geranio e di limoncina, si vedevano apparire ai davanzali teste e busti femminili, per qualche momento. Anzi l'eleganza delle signore e signorine della città era tutta dedicata a quelle apparizioni. Come nei grandi centri le signore ordinano alle sarte vestiti da ballo, da passeggio, da ricevimento e così via, in quell'ancora selvaggio borgo le donne ordinavano alle sarte camicette eleganti (le gonne potevano essere semplici) così: "Desidero una camicetta da finestra". Giorgio ne rideva e sdegnava quelle buone provinciali ingenue e semplici fino alla comicità.

Una di quelle signorine, veramente, di fisico gli piaceva molto. Il padre aveva la villa vicina a quella Machirelli a Fontanèlice. Avevano fatto lassù nel bel cerchio di colline, fra quelle vigne opulente, accanto al bel fiume fresco dall'infinito corteo di pioppi, intima conoscenza. Intima per modo di dire. Il signor Pasotti, ricco agricoltore, si era costruita una casa massiccia, di cattivo gusto, più fattoria che villa, poco lungi dalla bella e grande casa dei Machirelli, una forte e squisita costruzione settecentesca, ornata sulle finestre e sulle porte da gentili svolazzi, coi suoi balconcini gonfi, con le sue sale deliziosamente rococò, ora abbandonate e malinconiche. Il padrone non amava quella villa solitaria e ci stava poco. E disprezzava quei suoi vicini volgari che un tempo erano stati dipendenti della sua famiglia.

I Pasotti avevano una figlia: la signorina Adelina, che era la più bella e la più ricca ragazza della città e che somigliava a sua madre nella virtù di perfetta massaia. Bella assai la signorina Adelina! Alta, ben fatta, sana. Il suo corpo non aveva bisogno di busto per essere una meraviglia. I capelli erano un favo di biondo miele, gli occhi grandi, pieni di luce avevano un colore tra il verdolino ed il giallo, somigliante al color fresco e trasparente di quella deliziosa prugna che chiamano reine Claude. Era tutta fiorente e bella e mangereccia, più frutto che fiore! Linda e pulita come una gattina, non portava mai profumi, ma odorava della cotonina dei suoi vestiti e dell'aroma naturale della sua carne che pareva polpa di pesca.

Giorgio le disse una volta: "Signorina, non sa? Quando la guardo mi viene voglia di morderla".

Ma essa non gradì il complimento.... perchè fece la faccia scura e finse di non udire. Era un'anima semplice e una mente non coltivata. L'avevano tenuta alcuni anni in un collegio di monache, dove non aveva imparato nulla. Solo sapeva cucire e ricamare. Era una vera fata dell'ago. Suonava anche un po' il pianoforte, ma unicamente gli spartiti delle opere che si davano d'estate al teatro comunale o pezzetti staccati, ballabili volgari, scelti dal suo vecchio maestro, che era il capobanda municipale. Giorgio preferiva che la signorina Adelina non suonasse, tanto più che le sue mani parevano rossi gamberetti.... E come si vestiva male quando voleva mettersi in eleganza! A vederla così infagottata, veniva a Giorgio la voglia di spogliarla.... Ma questo non glie lo diceva. Eppoi quanti errori d'italiano faceva! In casa parlavano il dialetto e la povera Adelina perdeva l'abitudine della.... proprietà dei vocaboli! Una volta disse a Giorgio: "Vuol venire, signor conte, a vedere la nostra veneranda?" Voleva dire "veranda", la bella veranda a cristalli tutta coperta di glicinie, orgoglio del buon signor Pasotti.

Un'altra volta disse: "Io lavoro ogni mattino sotto il pergolese". Voleva dire il "pergolato" formato da un'immensa vite tutta turchina. (Il solfato di rame ha cambiato il colore dei vigneti; i quali verdi non sono più ma azzurri.) Quella rossa bocca perlata di splendori avrebbe dovuto sempre tacere. Giorgio era persino irritato di dover trovare ridicola quella bella creatura. Con alcuni suoi amici l'avevano battezzata "la Veneranda" e quando erano tentati di ammirarla troppo, il ricordo dei suoi strafalcioni li guariva dall'entusiasmo inutile, perchè era una ragazza assolutamente, tradizionalmente per bene. Nessun contrabbando con lei, nessuna modernità di relazioni, nessun flirt. La parola e la cosa le erano ignote.

***

Il conte Giorgio da gran tempo non si vedeva nè alla villa di Fontanèlice nè in città. Egli oramai passava la maggior parte dell'anno a Roma, a Nizza, a St. Moritz, a Biarritz, a Ostenda, a Venezia, a Parigi. Procedeva pei gradi della sua carriera d'uomo chic, meno facile di quanto da principio gli fosse sembrato. Già, perchè egli era un uomo istintivo e semplice, e la vita in cui si era messo gli pareva, in fondo, una mascherata.

Fra le diverse conoscenze maschili cosmopolite, si era specialmente legato con un principe meridionale, don Pandolfo di Torrebruna, che viveva fra Parigi e Roma, specie di avventuriero elegante, sulla quarantina, che era diventato un poco il suo mentore o meglio il suo Mefistofele. Si era abbarbicato a Giorgio perchè lo sfruttava, avendolo indovinato ricco e generoso. E Giorgio gli pareva un discepolo avente i requisiti per fare onore al maestro. Gli diceva: "Sei ricco, hai un bel nome, sei giovane, hai dello chic naturale; ami le donne ma non farai mai delle vere sciocchezze per una di esse.... Hai un solo difetto: sei troppo bello e hai troppa salute. Un po' di calvizie incipiente, l'aria un po' stanca, ti darebbero più linea. Però porti bene il vestiario, ti fai con disinvoltura il nodo della cravatta: una cosa di grande importanza.... Nel nostro mondo, ricordatelo, la cravatta.... è l'uomo! Le donne ti guardano con simpatia.... perchè dài l'impressione di infischiarti di esse. Ciò è molto chic. Prometti bene!"

Giorgio invitava il principe a pranzo e in auto, gli offriva poltrone ai teatri dove non erano le barcacce eleganti, ed altre simili cortesie. Il principe per suo conto aveva proposto Giorgio ai clubs più quotati, lo aveva presentato nei salotti e negli atrii dei grandi alberghi, dove si svolge la vita cosmopolita. Giorgio ebbe molto successo. Alto, biondo, col suo piglio un po' spavaldo, con le sue spalle da corazziere, con le sue maniere di gran signore, con la sua bella faccia vandyckiana, vestito a Londra, possessore di una magnifica automobile, di cavalli da sella, di cani, di un cameriere ben stilato, alloggiato a Roma al Grand Hôtel, passava per un Nabab, e tutti lo accoglievano con sorrisi.

Don Pandolfo era soddisfatto del discepolo e gli diceva: "Ora sei quasi perfetto. Ti mancano alcune sfumature.... ma ciò verrà a poco a poco".

E poichè Giorgio, che il successo e la vanità inebbriavano un poco, insisteva per gli ultimi ritocchi alla sua perfezione, il principe formulò per lui una specie di vademecum di insegnamenti definitivi, un qualchecosa di simile ai consigli di Laerte ad Ofelia.... o meglio una mosaica tavola delle leggi per la condotta di un uomo che si rispetti, nella buona società.

"Vedi? bisogna nascere con la disposizione: bisogna avere la bosse: si nasce gente chic.... come si nasce genii. La signorilità, sì, sta bene: ma è un'altra cosa. Si può essere gran signori con dieci secoli di selezione famigliare e non essere gente chic. Brummel era di modesta origine e arrivò ad essere.... quello che fu. L'uomo chic deve aver l'aria di disdegnare il mondo intero e di non prendere niente sul serio. Deve annoiarsi sempre; sorridere (ridere mai) ignorare tutto quello che gli è inutile. L'arte di ignorare le cose e le persone è una delle nostre regole sine qua non. I nomi non illustri, per esempio, è chic di non ricordarli mai.... e anche qualche volta quelli illustri. La cortesia, vedi, è vieuxjeu; sarà signorile, sì, ma non è più di moda. Essere finemente scortesi è darsi un contegno, è prendere un atteggiamento: qualche volta, sai, è difficile avere una fisonomia morale propria. Spesso uno.... non è nessuno. Allora, se si può dire di lui: "È scortese, altezzoso, si dà delle arie" è già qualche cosa, capisci? Un uomo elegante deve amare le bestie più che le persone. Un grande amore è quasi ridicolo.... è mal porte: la passione per qualche sport invece, è molto opportuna. Anzi, non per una cosa seria, ma per qualche gioco appunto, correre dei rischi, rompersi magari il collo, è molto elegante. Prediligere una donna che non abbia una posizione fatta in società, è pericoloso. Non te lo consiglio...."

"Oh bella! Ma se mi piacesse? — interruppe Giorgio la prima volta che udì la giaculatoria.

"Ciò non importa. Non si sceglie la donna che ci piace quando si vuol essere un uomo quotato in società: si sceglie la donna che piace.... agli altri! È assai chic avere una liaison con una signora molto nota anche se non la si ama. Si può avere allora in compenso una cocotte che ci piace: e che si può lanciare. Ciò è molto di buon genere e, naturalmente molto costoso.... quindi tanto più chic. Eppoi ci sono le ragazze con le quali si può flirtare, anche se non si vuole sposarle. Questo è di gran moda.... ed è molto divertente...."

Giorgio, tra sbalordito e scandolezzato in principio, subì il contagio, imparò, mise in opera i consigli, visse di quella vita febbrile e vuota, falsa e viziosa, di fruge consumere natus, si avvelenò in quell'atmosfera di serra, senza ossigeno e senza luce di sole. Gli parve d'essere ubbriaco, un ubbriaco cosciente che sa di esserlo, ma che non fa nulla per il suo proprio risveglio. La sbornia lo divertiva;

spendeva, spandeva. Le sue duecentomila lire di rendita gli bastavano appena. Non andava più, nemmeno di sfuggita, a casa sua; si vergognava dei vecchi amici, del suo agente, del suo fattore, dei suoi vecchi e fedeli dipendenti che avevano servito i suoi genitori ed i suoi nonni.... Gli pareva d'essere un altro; oppure d'essere ad un veglione, ad un'orgia elegante.... che si prolungasse all'infinito. Aveva il senso lucido del suo abbassamento, ora che aveva ottenuto il suo scopo, ora che era diventato un uomo in vista, un uomo veramente chic, il cui nome era citato in tutte le cronache d'oro dei ritrovi cosmopoliti. Sì, perchè sentiva che a nessuna delle sue intrinseche qualità doveva i suoi successi.... Il suo denaro, che la gente supponeva superiore alla verità, e la sua vernice esteriore, erano quelli che gli attiravano i suffragi: la sua discreta intelligenza, la sua sana mascolinità, la sua coscienza, si umiliavano della loro perfetta inutilità. Le cocottes non si occupavano che del suo portafogli, s'intende; ma anche parecchie signore.... purtroppo: ed egli cascava dalle nuvole sbalordito e avvilito.... Il suo fondo di provincialismo sano e semplice, la sua rettitudine tradizionale d'uomo inconsciamente radicato a certe leggi intangibili di onestà di casta, si spaventava e la sua coscienza lo mordeva come un pungolo agitato da una invisibile mano.

Nemmeno le ragazze lo apprezzavano per le qualità cui egli teneva di più, ma sempre per la cornice che lo inquadrava. Quelle con poca dote pensavano ai suoi quattrini, quelle ricche al suo titolo. Se ne avesse dubitato, il suo amico e maestro, il principe Pandolfo, si sarebbe incaricato di aprirgli gli occhi. Le signorine più eleganti, le più di moda erano quelle che lo sbalordivano e lo scandolezzavano di più, e gli era occorso qualche tempo per avvezzarsi a quella rivoluzione nelle consuetudini e nelle tradizioni.

Una sera, a Roma, al Grand Hôtel, ad uno di quei balli di beneficenza che sono una delle più urgenti sconcezze da togliere dall'uso, perchè offendono la dignità delle sciagure umane, egli aveva incontrato una bella fanciulla del clan più moderno, che gli era piaciuta. Piaceva anche agli altri e, secondo l'insegnamento di don Pandolfo, era degna di ammirazione. Egli si accorse subito che destava la simpatia di lei. Lalla non aveva molta finezza di maniere, ma era bella di una bizzarra bellezza di animaletto di lusso, che ha nella vita una sola occupazione: la coltura del proprio corpo. Fast, male educata, rumorosa, elegantissima, scollatissima, accettò — o offrì? — il flirt con Giorgio con impudica schiettezza. Ballò con lui il tango, la machiche, il passo dell'orso e del tacchino con così lascivo abbandono ch'egli ebbe l'impressione.... di non avere più nulla da chiederle. Eppoi al buffet, dietro una grande palma, ella aveva divorato ghiottamente un marron glace, succhiandosi poi ad una ad una tutte e cinque le punte delle dita; ed avendole egli detto sorridendo: "Doveva essere assai buono! Perchè non me lo avete fatto assaggiare?" ella gli aveva offerta la bocca inzuccherata.

Alcune sere dopo, in un'altra di quelle riunioni senza fisonomia e senza vero stile, in un altro grande albergo, casa di tutti gli sradicati, di tutta quella gente senza patria e senza focolare, di quei cittadini di Cosmopoli che parlano lo stesso argot, di quella gente che vorrebbe divertirsi e che in fondo si annoia, di fantasmi senz'anima, di corpi che non sanno nemmeno più godere, di macchine che non conoscono nemmeno più la gioia vera ma solo gli spasimi del vizio, una sera una signora gli disse "Perchè non sposate Lalla? È ricchissima e vi adora".

Egli inorridì come se gli avessero proposto una turpitudine, e si accorse di avere arrossito....

***

Ma la sua avventura più clamorosa e più gloriosa, che lo pose all'apice della mondana celebrità, fu la sua relazione con la dama più in vista e più originale dello snobismo internazionale, con la vera regina della eleganza più bizzarra e più dernierori. La duchessa Vera era una russa straricca che aveva sposato un autentico signore italiano: il duca d'Albula. Il duca giocava, ed ella recitava la sua parte di primadonna mondana applauditissima. Aveva una certa intelligenza istrionica, un certo gusto d'arte, una vanità sfrenata, dei nervi senza pace e senza stanchezza. Ignorava il vero sentimento e la vera sensualità, le due ricchezze che perdono le donne. Per queste due assenze, l'agile barca del suo destino non poteva naufragare totalmente, ed essa aveva mostrato di sapere navigare attraverso pericolosi pèlaghi....

Era stata alcune volte sul punto d'essere seriamente compromessa, ma la sua grande posizione mondana ed il suo sangue freddo l'avevano salvata in tempo. Passava per stramba.... e questo le faceva tutto perdonare. Aveva una magnifica villa aperta a ricevimenti fantastici; un cuoco famoso, automobili, cani, uccelli rari. I suoi levrieri russi, che sporgevano i lunghi musi dalla sua limousine, erano i più belli che si potessero vedere; ma l'ultima sua passione era una giovane tigre ch'essa portava con sè al guinzaglio, qualche volta perfino in società.

La duchessa Vera aveva una spettrale figura, dalla maschera artificiale. Era, in verità, bruna o bionda? Non si sapeva. Aveva gli occhi scuri, approfonditi da sapienti tocchi, i capelli d'un rosso innaturale, scuro, cupreo, come di rame offuscato dalla fiamma. La pelle era di un bianco uguale ed opaco, le labbra sottili color di sangue e la dentatura balenante. Le mani magre e nivee avevano le unghie colore delle labbra. Tutta quella pallida magrezza con tre note rosse: capelli, labbra, unghie, era giudicata supremamente attraente. Tutte le cose che la circondavano erano pallide e spente. Non si vestiva che di tinte neutre, non portava che perle e brillanti (favolosamente belli), e le sue stanze erano tappezzate di stoffe incolori come fondi di stampe e di acqueforti.

Il grande salotto nel quale riceveva di giorno aveva le pareti bianche, i mobili di broccato grigio argenteo con grandi cuscini di velluto nero. Tappeti di velluto bianco e bianche e molli pelli d'orso e di volpe coprivano il pavimento. Sulla chaise longue un immenso lenzuolo di piuma di cigno. Sui mobili di ebano e avorio — stipi e secretali cinquecenteschi magnifici — erano grandi, larghe e basse coppe di cristallo, contenenti rose bianche senza foglie, ninfee, bianchi narcisi, gardenie, giacinti candidi.

Quella donna artificiale e anormale s'innamorò, a modo suo, del conte Giorgio di Fontanèlice. Sazia di giovani pallidi, sbarbati, stanchi, quasi calvi, quasi vecchi, volle aggiogare al suo carro di Venere.... futurista il bel moschettiere sano e biondo, che odorava di forza e di giovinezza.... Eppure quei meriti erano così superflui per lei che in tutte le cose e anche nell'amore, preferiva le tinte tenui, indecise, evanescenti....

A Giorgio quella donna non piaceva. Gl'ispirava anzi da principio una specie di repulsione e lo intimidiva con le sue eccentricità. I suoi profumi lo stordivano, i suoi gusti lo urtavano, le sue raffinatezze lo sbalordivano.... e lo umiliavano. Ma essa lusingava il suo amor proprio. Tutti lo invidiavano, tutti lo guardavano con una deferenza speciale dacchè era il favorito della duchessa Vera; le donne lo trafiggevano con gli strali avvelenati dei loro occhi invidiosi e bramosi. Eppure egli era segretamente stufo, in pochi mesi, di quella relazione piena di transazioni coi suoi gusti nativamente sani e in fondo incorruttibili. Quella donna che stava sempre sdraiata, che mangiava solo pochi cibi prelibati, manipolati da un sapiente artista della cucina, che beveva bibite complicate e gelate, che fumava quaranta sigarette oppiate al giorno, che si attossicava coi profumi delle essenze e dei fiori, che non rideva mai, che diceva di non amar altra musica che quella di Debussy, di Hahn e di Strawinsky, aveva un'anima di pupattola a cui la passione era sconosciuta, aveva un corpo glaciale, destinato ad un solo scopo: conservare la propria linea.

Era in fondo meno cattiva, meno perversa della sua fama e della sua apparenza; non per morale ma per indolenza. A Giorgio almeno pareva così. E ne era già sazio, non per abuso (chè con quella donna si prendeva il piacere solo in pillole) ma per incompatibilità di temperamenti.

Il marito della duchessa passava per un cinico pieno di spirito. Soleva dire: "La vita di mia moglie mi diverte come una commedia ben riuscita. Io sono il primo ad applaudirla". Con Giorgio era cortese, quasi amichevole. Abbiamo detto che il duca d'Albula amava il gioco: amava anche il bere, e spesso, di notte, era alterato dallo champagne e di giorno preferibilmente dal gin. Aveva un suo fantino ed un suo cane (la sua compagnia prediletta) che bevevano a gara con lui: sicchè tutti e tre, compresa la povera bestia, erano spesso ubbriachi al tempo stesso, in un terzetto ripugnante o comico (secondo il punto di vista).

Una sera al club egli aveva vinto e bevuto molto ed era di buon umore. Giorgio era lì per caso, perchè di solito passava quelle ore nel salotto bianco e nero della duchessa, che quella sera aveva l'emicrania e lo aveva congedato. Il duca d'Albula battè una mano sulla spalla di Giorgio e gli disse con un sorriso tra ebete e furbo, senza nemmeno abbassare la voce:

— Caro Machirelli, non ti ho ancora detta una cosa che so da un pezzo.

— Cosa sai? — fece Giorgio turbato.

— So che sei l'amante di mia moglie.

— Sei pazzo!

— No. Ma te ne sono grato: perchè sei il solo della serie che non le sia costato un soldo!

Giorgio impallidì d'orrore. Disse:

— Sei ubbriaco, va a coricarti!

Ma quel cinismo e quella rivelazione (perchè sentiva che eran vere le parole dello sciagurato) furono la definitiva doccia fredda alla sua sonnecchiante coscienza. L'uomo antico si ridestò in lui. Ebbe nausea di sè stesso o meglio della mascheratura di sè stesso ed ebbe schifo di aver vissuto qualche anno come un pagliaccio chic che fa le capriole nel circo dello snobismo senza nemmeno avere il merito di rischiare, come i pagliacci autentici, ogni sera, la vita.

Don Pandolfo si accorse del novello stato d'animo del giovane amico e collega (non lo chiamava più discepolo) e se ne afflisse. Cercò d'ancorarlo a rimanere sulla breccia. Egli conosceva, per le descrizioni di Giorgio, la provincia, la vita che vi si conduce, le donne e gli uomini primitivi di laggiù, di cui avevano sorriso insieme dall'altezza della loro eleganza. Gli disse:

— Ma cosa vuoi andare a fare al tuo paese? Quella non è più una vita per te. Vuoi andare a piantar vigne e patate? Ma per questo c'è il tuo fattore. Ruba? E lascialo fare! È molto chic di lasciarsi derubare un poco, è molto bien porté. Vuoi fare all'amore con quelle buone provinciali? È indegno di te.... Quando si è amati da una donna come la duchessa Vera si ha il diritto di essere difficili!

Non si potevano più intendere. Don Pandolfo era un degenerato. Egli non aveva più radice nel suolo nativo, non aveva più casa, non aveva più la religione delle memorie.... i suoi polmoni non potevano più respirare altro che in un'atmosfera artificiale; l'aria libera e pura lo avrebbe ammazzato. Giorgio non era ancora così imbevuto di quei miasmi.... e, a mezza ubbriacatura, fuggì.

Non sapeva ancora fare la psicologia di sè stesso. Sorrideva ancora un poco degli altri e di sè, perchè aveva conservato l'abito dello scherno elegante, ma il fondo nativo era stato il più forte e la sua robusta costituzione fisica e morale lo aveva tratto a salvamento.

Alle insistenze di don Pandolfo per vederlo, egli rispose solo queste righe:

"Non cercare di vedermi. Il conte Giorgio Machirelli di Fontanèlice, che tu hai conosciuto, è morto. Ne sopravvive un altro, quello vero: io. Ed io parto oggi per la mia vecchia casa, che si riaprirà a vita novella. Vado a fare l'agricoltore e a sposare la Veneranda. Voglio avere molti figli e coltivare molto bestiame come un antico re biblico. Ho bisogno di persuadermi che sono ancora un uomo, un uomo vero, utile a qualche cosa al mondo. Homo sum.... Da alcuni anni non ero più ben sicuro che il rispettabile appellativo mi convenisse.... Ma forse queste cose tu non puoi capirle. Capirai invece un'altra cosa che ti farà piacere. Ti assolvo per sempre dall'obbligo di restituzione dei diversi prestiti che ti feci. Sarebbe assurdo che una persona chic come te pagasse i suoi debiti; sarebbe, come diresti tu, du dernier bourgeois! Ciao. Sta bene."